René Sommer

Tropfenklang aufs Tamburin

Zuletzt erschienen:

Mit den Händen ein Herz. short stories. ISBN: 978-3-7392-3041-2

René Sommer

Tropfenklang aufs Tamburin

short stories

Bibliografische Information der Deutschen National-bibliothek:
Die Deutsche Nationalbibliothek verzeichnet diese Publikation in der Deutschen Nationalbibliografie; detaillierte bibliografische Daten sind im Internet über https://www.dnb.de abrufbar.

Editor Factory: ib-lyric
Author Photo: Erika Koller
Cover Image: Itta Beaux

Herstellung und Verlag:
BoD – Books on Demand, Norderstedt

ISBN: 978-3-7583-0268-8

Inhalt

Enzianblau

Bizarre Felsen ragen aus der moosgrünen Hochebene. Golo schaut sich um. Schmetterlinge flattern umher.

Hinter einem Felsen kommt ein Mann hervor. „In 5 Minuten kann ich vor deinen Füßen einen Sandstrand herbeizaubern."

Golo legt die Hand flach auf den Bauch. „Wie geht das?"

Der Mann rennt hinter den Felsen. „Bei mir lernst du eine Menge." Er kehrt mit einer Schubkarre voll Sand zurück. „Das ist der Strand." Er rollt eine Folie vor Golos Zehenspitzen aus. „Wir wollen nachhaltig schaffen. Diese Folie ist aus dem nachwachsenden Rohstoff Zuckerrohr. Sie verhindert, dass der Sand, den ich gleich kippen werde, ins Moos eindringt. Denn nach der Installation muss jedes Sandkorn in die Karre zurück."

- „Warte", bittet Golo, „machst du das alles für mich?"

- „Aber sicher", betont der Mann, „ich möchte, dass du mein Freund wirst. Für meinen Freund tu ich alles." Er reicht ihm die Hand. „Übrigens, ich heiße Nick." Er leert den Sand auf die Folie. „Auch das ist nachhaltig. Den Sand erhält nachher der Spielplatz im Park." Er schafft auf der zweiten Schubkarre einen Zuber voll Wasser herbei. „Hilfst du mir beim Abladen? Ich möchte den Zuber neben den Sand stellen."

Eine Frau biegt im Eilschritt um den Felsen. „Darf ich Hand anlegen? Mir macht es Spaß, ein Team zu bilden." Sie hilft

7

Nick, den Zuber abzuladen. „Ich bin Oksana."

Er richtet sich auf. „Freut mich. Das ist ein seltener Name."

- „Ich bin weit und breit die einzige Oksana", betont sie.

Auf der dritten Karre führt Nick eine Palme in einem Topf und eine Gießkanne. „Wir nehmen das Wasser aus dem See, gießen die Goldfruchtpalme. Sie produziert Sauerstoff und reinigt die Luft."

Golo ist beeindruckt. „Von dir lerne ich wirklich eine Menge. Allerdings bin ich noch gar nicht dazu gekommen, dir etwas Wichtiges zu sagen: Wenn ich die Gegend anschaue, streife ich umher, verweile nirgends sehr lange. Und so ist es fast schade, für mich eine Installation zu machen."

Nick gibt der Palme Wasser. „Wieso denn? Freunde tun etwas füreinander. Aber ich halte dich nicht auf."

Golo sagt: „Ich könnte dir helfen, die Installation zurückzubauen, bevor ich weitergehe."

Oksana meint: „Das kannst du ruhig uns überlassen."

Golo dankt, wendet sich zum Gehen. „Auch, dass du mir die Freundschaft angeboten hast, freut mich sehr."

Nick fragt: „Wohin gehst du?"

- „Ich erkunde die Hochebene", antwortet Golo, macht sich auf den Weg.

Nick ruft ihm nach: „Ich bin gleich wieder bei dir."

Ein Mann kommt dazu. Er trägt eine Schaufel. „Kann ich helfen?"

Nick weist auf den Sand. „Schaufle ihn in die Schubkarre."

Oksana nimmt Nick die Gießkanne ab. „Von allen Installationen, die ich je gesehen habe, ist deine die nachhaltigste."

Er bedankt sich für das Kompliment. „Es freut mich, wenn sie gut ankommt."

Mit lockeren Bewegungen schaufelt der Mann den Sand. „Schön wäre es, wenn unser Team wachsen würde."

Eine Frau eilte federnden Schrittes herbei. „Gibt es etwas zu tun?"

Nick lenkt den Blick auf die Schubkarren. „Wir stoßen sie in den Park."

- „Unser Team ist gewachsen", stellt Oksana fest, „wir können dich gut freistellen. Dann kannst du deinen neuen Freund einholen."

Sein Blick schweift zu Golo. „Das Angebot nehme ich gern an." Er rennt hinterher und befindet sich wenige Augenblicke später an seiner Seite. „Da bin ich wieder."

Golo staunt: „Das ging schnell."

- „Ich hatte Glück", berichtet Nick, „durfte alles in die Hände eines Teams geben."

Die Halme bewegen sich im Wind.

„Suchst du Sehenswürdigkeiten?" erkundigt er sich, nachdem er nur wenige Sekunden still nebenher geschritten ist.

Golo bleibt stehen. „Ich finde alles sehenswert."

- „Das ist eine interessante Ansicht", findet Nick, „ich sehe am liebsten etwas Besonderes, das ganz viele Menschen anlockt."

Ein Mann findet sich ein. „Wenn ich Menschen begegne, gucke ich als erstes das Ohr an."

Nick greift ans Ohrläppchen. „Hat das einen Grund?"

- „Mich nimmt wunder, ob die Menschen einen Ohrring tragen", erklärt er. Sein Blick bleibt an Golos Ohr kleben.

„Du trägst keinen."

- „Weshalb sollte ich?" fragt er.

„Der Ohrring wirft einen Schatten auf deinen Hals. Das verleiht dir einen kecken Anstrich", betont der Mann.

„Dann solltest du dir unbedingt ein Ohrloch stechen lassen", rät Nick.

Golo lässt die Hand sinken. „Hast du ein Loch?"

Nick zieht sich am Ohrläppchen und zeigt es. „Es fehlt nur der Ring."

Der Mann entfernt den Ring von seinem Ohr. „Nimm doch meinen!" Am Ring hängt eine kleine, silberne Schlange.

Nick steckt ihn an, zeigt sich Golo von der Seite. „Wie sehe ich aus?"

Er betrachtet ihn aufmerksam. „Du hast recht. Ich kann den Schatten auf dem Hals sehen."

Der Mann sagt nach einem langen, sehr festen Blick auf Golos Ohr. „Ich steche dir gern ein Loch."

Golo hebt abwehrend die Hände. „Lieber nicht! Am Ohr bin ich empfindlich."

Nick bietet an: „Ich könnte dir einen Ohrclip mit Klammer besorgen. Dann brauchst du kein Ohrloch."

Der Mann deutet mit dem Finger ins Tal. „Da steht mein Haus. Wenn ihr eintretet, werdet ihr verblüfft sein. Tausende Ohrringe hängen an den Wänden, an der Decke. Die Auswahl ist riesig."

Nick gibt Golo einen Schubs. „Wir gehen sofort hin. Das musst du sehen."

Golo weicht zurück. „Ich brauche noch etwas Bedenkzeit."

„Such dir einen Ring aus und denke später", empfiehlt der Mann, „du kannst ihn jederzeit wieder abnehmen."

- „Ich will dich keineswegs bedrängen", verspricht Nick, „aber wir wissen jetzt genau, wo wir als nächstes hingehen. Stell dir nur die riesige Auswahl vor!"

Golo kreuzt die Beine. „Ich bin einfach noch nicht bereit."

Nick wendet sich an den Mann: „Geh schon voraus. Wir kommen bald nach."

- „Soll ich den Erststecker bereitlegen?" erkundigt er sich.

Nick schließt die Lider. „Eins nach dem anderen."

Nachdem der Mann vergnügt zu seinem Haus gelaufen ist, kehrt sich Nick Golo zu. „Hilft es, wenn ich dir beim Stechen die Hand halte?"

- „Ich habe erst einen kleinen Teil der Hochebene gesehen", gibt Golo zu bedenken, „das geht vor."

Schnell schwenkt Nick um. „Du hast vollkommen recht." Nach einer kurzen Pause beschäftigt ihn die Frage: „Was gibt es da überhaupt zu sehen?"

Unzählige Blüten verwandeln die Wiese in einen zauberhaft duftenden Ort. Golo zeigt Nick eine Schafgarbe, Margerite, Wiesensalbei, Glocken-, Flocken- und Witwenblume.

„Du kennst alle Blumen", staunt Nick.

Eine Frau kommt ihnen mit tänzelndem Gang entgegen. „Habt ihr die herzförmige Wolke gesehen?"

Nick und Golo blicken auf. Eine Wolke bildet ein riesiges Herz am Himmel. „So groß ist meine Liebe", schwärmt Nick.

Die Frau lacht. „Wen liebst du?"

- „Dich", antwortet er.

Sie schiebt das Becken nach vorne. „Aber du kennst mich doch gar nicht."

- „Es ist Liebe auf den ersten Blick", beteuert er.

Sie deutet auf ein Haus, das am Rand der Hochebene steht. „Stehen wir nicht lange herum! Ich lade euch zum Tee ein. Dann möchte ich sehen, wie sich die Liebe zeigt." Golo verharrt ruhig. „Ich möchte mir zuerst die Umgebung ansehen."

- „Ist gut", sagt die Frau, „dann gehen wir schon mal vor." Nick folgt ihr, dreht sich kurz um, ruft Golo zu: „Vergiss vor lauter Blumen die Liebe nicht." Der Frau erklärt er: „Jede Blume sieht er einzeln an und kennt sie mit Namen."

Sie bemerkt neckisch: „Und wie hast du es? Verliebst du dich in jede Frau und weißt nicht einmal ihren Namen?"

Er macht größere Schritte, reckt die Brust vor. „Ich kann sehr treu sein."

Sie fährt fort, ihn zu necken. „Viele können, aber wenige sind es."

Nick hebt den Kopf. „Ich zähle zu den wenigen, die wirklich treu sind."

Fröhlich plaudernd langen sie beim Haus an. Mit einem bedeutsamen Lächeln öffnet sie die Tür. „Treue geht sehr weit."

Unterdessen sieht sich Golo weiter um. Bei einem Gebüsch winkt ihm eine Frau. „Hier wächst Haselwurz. Kennst du die Pflanze?"

Golo tritt näher. „Ich lerne gern dazu." Er beugt sich über die Pflanze mit den herzförmigen Blättern. „Gesehen habe ich sie schon oft. Aber erst jetzt lerne ich sie mit Namen kennen."

Die Frau erklärt sich dazu bereit, ihn in alle Blumen, Sträucher und Bäume der Hochebene einzuführen. „Sie ist ein

Pflanzenparadies."

Ein Mann gesellt sich dazu. „Pflanzen sind meine Leiden-schaft. Am liebsten würde ich mich jeden Tag mit einer neuen Blume vertraut machen."

Sie verspricht: „Dann bis du bei mir genau richtig. Ich kann dir nicht nur die Namen beibringen, sondern auch die Heilkräfte. Außerdem ranken sich um jede Blume unzäh-lige Geschichten."

Lehrend und erzählend bewegt sie sich mit dem Mann fort, ohne zu merken, dass sie sich immer weiter von Golo entfernt.

Er bleibt nämlich stehen, sieht einer Ameise zu, die auf einen Grashalm klettert. Der Halm wiegt sich sacht im Wind.

Eine Frau grüßt ihn. Sie schleppt einen Koffer, öffnet ihn. „Möchtest du ein neues T-Shirt?" Sie breitet die bunte Auswahl auf der Wiese aus. Die Shirts sind samt-schwarz, kastanienbraun, mohnrot, feuerlilienorange, sonnenblumengelb, grasgrün, enzianblau, asternviolett, hellblau, wolkenweiß, pink.

Golo sagt: „Im Moment benötige ich gar kein neues T-Shirt."

Die Frau beginnt, die T-Shirts einzusammeln. „Ja dann, räume ich die Kollektion wieder ein."

Ein Mann rennt über die Wiese. „Nicht einpacken! Nicht versorgen! Ich brauche dringend ein neues T-Shirt."

Ihr Gesicht hellt sich auf. „Extra für dich habe ich ein neues Sortiment heraufgeschleppt."

Der Mann umrundet die Auslage. Sein Blick fällt auf Golo. „Hast du dich schon entschieden?"

Er dreht den Körper leicht aus der Hüfte heraus.

„Ich komme ohne ein neues aus."

Der Mann hält das enzianblaue vor Golos Brust. „Das würde dir stehen."

Das goldene Buch

In der glitzernden Lagune liegt eine kleine Insel. Golo steht am Ufer, blickt hinüber. Eine Frau sitzt in einem saturngelben Boot, rudert zum Strand. Als der Bug im Sand aufläuft, legt sie die Ruder ein, springt heraus, schiebt das Boot ans Ufer. „Bist du schon einmal auf der Insel gewesen?"

Golo öffnet den Mund. „Ich bin daran, den See zu erkunden, habe eben erst die Lagune entdeckt."

- „Steig doch in mein Boot", lädt sie ihn ein, „ich bringe dich gern hin."

Golo umfasst mit der linken Hand den rechten Oberarm. „Ich überlege es mir. Eigentlich könnte ich auch schwimmen."

Nick federt herbei. „Ich habe dich überall gesucht", sagt er zu Golo, „dann dachte ich bei mir, du könntest zum See hinuntergegangen sein."

- „Wer bist du?" fragt die Frau.

Er stellt sich neben Golo. „Der Freund." Sein Blick schweift vom Boot zur Frau. „Gehört es dir?"

Sie streicht mit der Hand über den Bug. „Gefällt es dir?"

Er tätschelt eine Planke. „Segelschiffe, Ruderboote, zur Not auch ein Floss, mir gefallen alle Wasserfahrzeuge. Man könnte sagen, ich bin auf dem Wasser zu Hause."

- „Dann könntest du uns ja hinüberrudern", schlägt sie vor.

Er bringt sich in Stellung, um das Boot ins Wasser zu schieben. „Ich freue mich schon darauf."

Die Frau steigt ein, setzt sich auf die schmale Bank im Heck, winkt Golo. „Setze dich zu mir."

Nick ermuntert ihn. „Zögere nicht! Du bekommst nicht jeden Tag Gelegenheit, dich neben eine so schöne Frau zu setzen."

Golo nimmt Platz. „Ich frage mich immer, wie ich auch ohne Hilfe vorankommen könnte."

Nick stößt das Boot ins Wasser, springt zur Ruderbank. „Wieso denn? Du hast einen neuen Freund, auf den du dich verlassen kannst."

Die Frau horcht auf. „Ihr kennt euch noch gar nicht so lange?" forscht sie.

Golo reckt den Rücken gerade. „Ich traf ihn vor Kurzem."

Nick beginnt zu rudern. „Für die Freundschaft spielt die Zeit überhaupt keine Rolle. Ich begegne jemanden, stelle fest, dass wir zueinander passen, und merke gleich, es könnte eine Freundschaft fürs Leben werden."

Sie legt die Hand auf Golos Oberschenkel. „Wie denkst du darüber?"

Er knickt das Knie ein. „Nick hat eine bestechend einfache Idee von der Freundschaft."

- „Jede Minute kann sie anfangen", fällt ihm Nick ins Wort, „das ist so im Leben." Er beschleunigt den Ruderschlag. „Du kannst sie nicht planen, nicht vorhersagen." Angekommen auf der Insel, springt er aus dem Boot, zieht es in den Sand. „Das wird bestimmt meine Lieblingsinsel."

Die Frau steigt aus. „Das weißt du schon jetzt, bevor du sie erkundet hast?"

Er läuft am Strand auf und ab. „Ich habe es im Gefühl."

Die Frau findet: „Es ist an der Zeit für eine kleine Vorstellungsrunde."

- „Ich heiße Nick", platzt er heraus, als wäre sein Name nicht bereits genannt worden. Er verbeugt sich mit einer komischen Bewegung. „Wie heißt du?"

- „Ich bin Pina", stellt sie sich vor. Ihre Augen wandern zu Golo. „Jetzt fehlt nur dein Name."

Er klettert aus dem Boot. „Ich bin Golo."

Sie schaut ihm fest in die Augen. „Das ist ein Name, den man nicht alle Tage hört."

Im feinen Sand laufen die Wellen aus. Golo schaut sich um.

Eine Frau kommt wiegenden Schrittes. Sie bringt einen Kescher. Er sieht aus wie ein großes, um einen Ring gespanntes Schmetterlingsnetz. „Wem darf ich ihn schenken?"

Nick streckt die Hand aus. „Mir! Ich wollte schon immer einen Kescher halten."

- „Willst du Fische fangen?" fragt Pina.

Er schwingt den Kescher wie ein Fähnrich die Fahne. „Das würde ihnen nicht guttun, wenn ich sie fange."

- „Was immer du vorhast", mahnt die Frau, „sorge dafür, dass du keinem Lebewesen schadest." Sie nimmt wieder ihren wiegenden Gang an, geht den Strand entlang.

Nick gibt den Kescher Golo weiter. „Deine Meinung interessiert mich. Wie liegt der Griff in der Hand?"

Golo muss zugeben, dass er den Kescher gut führen kann. „Aber was soll ich damit anfangen?"

Pina rät: „Du solltest ihn erst aus der Hand geben, wenn

du herausgefunden hast, wo und wie du ihn einsetzen kannst."

- „Eines muss ich sagen", fügt Nick bei, „mit dem Kescher siehst du wie ein Naturforscher aus."

Golo schultert ihn. „Ich würde gerne das Innere der Insel erforschen."

Pina geht voraus. „Stellt euch vor, wir hätten kein Boot und wären ganz allein auf der Insel, auf uns gestellt. Das würde unser Team zusammenschweißen."

Der Wald nimmt sie auf. Die Sonne durchleuchtet die Blätter. Golo lauscht dem Vogelgezwitscher.

Ein Mann kreuzt den Weg. Er trägt eine Aluminiumleiter. „Ich besitze sie schon die längste Zeit, würde mich gern entlasten."

Nick ergreift sie, prüft das Gewicht. „Für ihre Länge ist sie außerordentlich leicht."

Pina hat eine Idee. „Wenn du sie vorne führst, und ich trage sie hinten, könnten wir Feuerwehr spielen." Sie schultern die Leiter.

Die Augen des Mannes glänzen. „Ich würde vorsichtig vorhersagen, dass niemand sie so gut einsetzen wird wie ihr."

Er lockert die Arme, verschwindet im Gebüsch. Pina, Nick und Golo dringen tiefer in den Wald ein. Der Wind streift durch die Bäume.

Eine Frau läuft barfuß übers Moos. „Ihr kommt wie gerufen. Ein Waschbär hat sich hoch auf einem Mauervorsprung verstiegen. Ich fürchte, er kann weder vor noch zurück."

- „Mach dir keine Sorgen", beruhigt sie Pina, „wir retten ihn."

Die Frau führt sie vor die Ruine eines Schlosses. Farn und

Moos überwuchern die Mauern. Auf dem Vorsprung sitzt der Waschbär.

„Waschbären sind ausgezeichnete Kletterer", sagt die Frau. Sorgenfalten zeigen sich auf ihrer Stirn. „Daher beunruhigt es mich, dass er sich nicht bewegt."

Pina und Nick stellen die Leiter an. Sie gibt Golo einen Wink. „Kannst du mit dem Kescher hinaufsteigen?"

Nick empfiehlt: „Du führst das Netz sorgfältig über seinen Körper. Dann achtest du auf seine Füße. Wenn er sie über den Ring bewegt, drehst du den Kescher und bringst ihn im Netz herunter."

Golo erklimmt die Leiter. Der Waschbär guckt ihn aus dunklen Augen in der schwarzen Gesichtsmaske an. Golo führt den Griff über die oberste Sprosse, um das Gewicht abzufangen. Als er den Kescher zum Vorsprung bewegt, springt der Waschbär ins Netz, als hätte er darauf gewartet. Achtsam, Sprosse für Sprosse, steigt Golo hinunter. Unten angekommen, stellt er das Netz ab, worauf der Waschbär mit einem Satz heraushuscht und ins Unterholz flieht.

Die Frau dankt Golo. „Du hast ihn gerettet."

Nick klopft ihm auf die Schulter. „Du bist mein bester Freund."

Pina schenkt ihm einen Augenaufschlag. „Ein ganz herzliches Dankeschön hast du verdient."

Die Frau lädt sie zum Tee ein. „Wir müssen die gelungene Rettung feiern." Golo lehnt den Kescher gegen die Leiter. „Bis der Tee gekocht ist, würde ich mir gern die Insel ansehen."

Er entdeckt einen schmalen Pfad, der um die Mauer des alten Schlosses herum zum See hinunterführt. Golos Blick tanzt über die wechselnden Blautöne.

Am Ufer steht ein Mann auf einem Bein. Neben ihm, auf einem Stein ist eine Ente, die ein Bein eingezogen hält. „Ich weiß nicht, was mit ihr los ist. Sie steht seit geraumer Zeit auf einem Bein. Ich versuche herauszufinden, wie es einem dabei ergeht. Aber ich fürchte, ich kann es nicht so lange aushalten wie sie."

Golo hebt eine Braue. „Machst du dir Sorgen um die Ente?"

Der Mann wechselt das Standbein. „So richtig wohl ist mir erst, wenn ich sehe, dass sie schwimmen kann."

In diesem Augenblick streckt die Ente das zweite Bein aus, watschelt zum See, hüpft mit einem Flügelschlag ins Wasser.

Der Mann atmet auf. „Jetzt bin ich beruhigt." Er zieht die Kleider aus. „Schwimmst du eine Runde mit mir?"

- „Ich möchte zuerst die Insel erkunden", erwidert Golo, geht das Ufer entlang. Er lauscht den Geräuschen von Wind und Wellen.

Eine Frau macht auf sich aufmerksam. Vor ihr, auf einer Felsenplatte liegt ein goldenes Buch aufgeschlagen. „Du darfst dich eintragen." Sie reicht ihm einen goldenen Kugelschreiber.

Golo fragt: „Warum?"

- „Es kommen nur wenige Menschen auf die Insel", erklärt sie, „der Eintrag ist eine persönliche Auszeichnung."

Er spielt mit dem Kugelschreiber. „Wir sind zu dritt eingetroffen. Müssten sich nicht alle einschreiben?"

- „Wer ist mit dir gekommen?" erkundigt sie sich.

Golo setzt seine Unterschrift unter das Datum. „Pina und

Nick."

Die Frau bittet ihn: „Füge doch einfach diese Namen hinzu. Dann wird auch ihnen die Ehre zuteil."

Achtsam malt sie Golo in Großbuchstaben, gibt den Kugelschreiber zurück: „Stimmt der Eintrag für dich?"

Ihre Augen fliegen über die Unterschrift und die Namen. „Mich dünkt, es fehlt noch etwas."

- „Was denn?" erkundigt er sich.

Sie drückt ihm den Kugelschreiber in die Hand. „Ich könnte es dir schon verraten, aber eigentlich müsstest du selber darauf kommen."

Ein Mann nähert sich in trippelnden Tanzschritten. „Darf ich dir einen Tipp geben?"

Golo wendet den Kopf. „Das könnte helfen."

Der Mann späht ins Buch. „Male ein Herz hinter die Namen, natürlich auch hinter deine Unterschrift."

- „Was bedeutet das?" will Golo wissen.

- „Das heißt, dass ihr die Insel liebt", erläutert der Mann. Er kehrt die Hand, streckt sie aus. „Gibst du mir den Kugelschreiber?"

Golo händigt ihn aus. „Möchtest du dich eintragen?"

Die Zunge des Manns wandert zwischen die Zähne. „Es freut mich, wenn ich die Herzen malen darf." Schwungvoll fügt er die Herzen bei. „So sind alle herzlich verbunden."

Die Frau klappt das Buch zu, rennt davon und ruft: „Wer hätte das gedacht? 3 Einträge an einem Tag!"

Der Mann folgt ihr. „Das ist ganz erstaunlich. Und ich durfte die Herzen malen."

Golo schaut ihnen nach. Kleine, türkis eingefärbte Wellen schickt der See über den Sand.

Tropfenklang aufs Tamburin

Kalter Tee

In einem von hohen Buchen gesäumten Park spaziert Golo. Ein Springbrunnen plätschert leise. Eine Frau schlendert über den Kiesweg. Sie deutet auf eine große Rolle. „Ich könnte den roten Teppich für dich ausziehen."

- „Mir gefällt der Kiesweg", sagt Golo, „aber wenn du willst, schauen wir uns die Rolle an."

Die Frau lacht hell auf. „Er ist zum Begehen, nicht zum Anschauen gemacht. Das Ausrollen ist kinderleicht."

Sie führt es Golo gleich vor, zieht ihn aus. Er bedeckt den Kiesweg bis zu einem Platz, den eine weitkronige Buche überragt. „Gehe ein paar Schritte darauf", fordert sie ihn auf, „du wirst sehen, der Applaus bleibt nicht aus."

- „Möchtest du nicht selber darüber gehen?" fragt Golo, „ich spende dir gerne Beifall, warum, du hast etwas vollbracht, das leicht aussieht, aber doch etwelche Geschicklichkeit braucht. Ich hätte den Teppich niemals so gewandt ausziehen können."

- „Tu mir den Gefallen", bittet sie, „und laufe jetzt einfach darüber."

- „Wenn du meinst", erwidert Golo, geht ein paar Schritte auf dem roten Teppich.

„Gehe aufrecht", weist sie ihn an, „straffe den Rücken und halte das Kinn hoch."

Spielerisch leicht setzt Golo ihre Anweisungen um. „Es ist immer ratsam, auf die Körperhaltung zu achten", gibt er zu.

Nick schnellt aus dem Schatten ans Licht, klatscht. „Du hast es geschafft! Für dich wurde der rote Teppich ausgerollt."

Golo verlässt den Teppich. „Ich bitte dich. Jeder kann darauf gehen."

Die Frau trumpft auf: „Siehst du! Es hat geklappt. Schon hat dir jemand applaudiert. Ich wusste es."

Er holt tief Atem. „Jetzt vertauschen wir die Rollen. Ihr geht über den Teppich, und ich spende Beifall."

Die Frau winkt ab. „Ich habe etwas ganz anderes vor, hole eine Kamera. Bleibt, wo ihr seid." Sie läuft weg.

Nick richtet den Blick auf Golo. „Du bist einzigartig. Man muss dich nur kurz aus den Augen lassen, und schon schaffst du den großen Durchbruch."

- „Ich weiß nicht, wovon du redest", entgegnet Golo, „ich möchte nur den Park erkunden."

Er betrachtet die Flechten, die eine Sitzbank überwuchern, geht tiefer in den Park hinein. Nick folgt ihm. „Da alle Menschen von Urmenschen abstammen, könnten wir gemeinsame Vorfahren haben."

Golo bleibt stehen. „Was willst du damit sagen?"

- „Ich möchte ja nur, dass du ein bisschen mehr darauf achtest, was ich dir beibringen möchte. Freunden erscheint doch jedes Wort bedeutsam", betont Nick.

Unter diesem Gespräch sind sie in ein kleines Wäldchen geraten, wo eine Affenmutter mit ihren Drillingen auf einem Baum sitzt. Stolz berichtet sie: „Meine Kinder sehen sich sehr ähnlich, aber für mich sind sie 3 sehr verschiedene Persönlichkeiten."

- „Wie kannst du sie unterscheiden?" will Golo wissen.

Eine Frau zieht einen Leiterwagen unter den Baum. Sie hat eine Gitarre, eine Geige und ein Tamburin geladen. Sofort klettern die Affenkinder vom Baum. Das erste zupft an den Saiten der Gitarre. Das zweite spielt Geige. Das dritte trommelt mit dem Tamburin.

„Sie sind außerordentlich rasch entschieden", wundert sich die Frau, „als hätten sie sich vorher abgesprochen."

Nick ist begeistert, sagt zu Golo: „Du solltest dich mit den Affenkindern fotografieren lassen. Menschen, die sich auf Tiere verstehen, sind sehr beliebt."

- „So eine Aufnahme könnten wir machen", räumt Golo ein, „doch zunächst möchte ich den Park erkunden."

Die Frau setzt sich auf eine Parkbank. „Ich könnte den Affenkindern stundenlang zuhören. Sie sind sehr musikalisch."

Nick raunt Golo zu: „Vielleicht sollten wir einen kleinen Film drehen, damit die Musik zur Geltung kommt."

Golo meint dagegen: „Wir könnten uns auch einfach an den Klängen erfreuen. Es muss nicht alles festgehalten sein."

- „Ich überlege mir eben, wie ich die Werbetrommel für dich rühren könnte", erklärt Nick, „heutzutage kann jeder berühmt werden. Er muss nur etwas dafür tun."

Golo schlägt einen Kiesweg ein, den mächtige Bäume säumen. „Mich stört es nicht, wenn du berühmt werden möchtest. Was mich betrifft: Ich sehe mich einfach um, was es im Park alles gibt."

Über die Steine einer Mauer flitzt eine Eidechse. Der Weg führt durch Bambuswäldchen und lila blühende Büsche.

Ein Mann schreitet forsch vorwärts. Er trägt einen Geigenkoffer, spricht Nick und Golo an. „Wem darf ich Unterricht erteilen? Die Geige ist ein wunderbares Instrument. Bei mir lernt ihr schon während der ersten Übung, eine kleine Melodie zu spielen."

Nick deutet auf Golo. „Mein Freund ist sehr musikalisch."

Der Mann legt den Koffer auf eine Parkbank, schickt sich an, ihn zu öffnen. „Das übertrifft meine kühnsten Erwartungen. Nie hätte ich gedacht, so schnell einen Schüler zu finden."

Golos Arme hängen locker an der Seite herunter. „Im kleinen Wäldchen spielt ein Affenkind Geige. Sicher freut es sich auf deinen Unterricht."

Der Mann schließt den Koffer. „Ich lerne gern etwas Neues." Er läuft zum Wäldchen. „Einem Affenkind habe ich noch nie Unterricht erteilt."

Nick wendet sich an Golo: „Warum hast du ihn verwiesen?" - „Ich sah, dass dem Affenkind das Geigenspielen Spaß macht. Sicher lernt es gern hinzu", vermutet er.

Nick kneift die Augen zusammen. „Nun, du bist mein Freund. Wenn du etwas sagst, muss ich es wohl oder übel akzeptieren, auch wenn es mir sehr schwerfällt. Ich glaube, in dir schlummern ganz viele Begabungen. Man müsste sie nur wecken, zum Beispiel mit Geigenunterricht."

Golo spaziert weiter. „In allen Menschen schlummern ganz viele Begabungen."

Eine Kamelie blüht rot. Vorbei sirrt eine Libelle.

Vor einer riesigen Schüssel, die an einen Swimmingpool ohne Wasser erinnert, steht eine Frau. „Begib dich hinein, stell dir vor, wie du schwimmen und tauchen würdest! Du kannst dich auch hineinlegen und dir ausmalen, wie es ist, auf dem Rücken im Wasser zu liegen und nichts anderes zu tun, als die pure Entspannung zu genießen."

Nick steigt in die Schüssel. „Eins muss ich sagen: Sie ist wie für dich gebaut."

Ein Mann rollt auf einem Skateboard heran. „Die Schüssel ist ein Traum für jeden Skater. Darin kannst du Kunststücke vollführen, als hätte das Brett Flügel." Er bietet es Golo an. „Rolle hinein! Erfahre die Wucht!"

Golo verharrt am Rand der Schüssel. „Zuerst möchte ich sehen, was es alles im Park gibt. Dann komme ich gern aufs Angebot zurück."

Nick klettert herauf, nimmt das Skateboard, rollt mit Schwung in die Schüssel, fährt auf der anderen Seite hoch, dreht in der Luft und saust wieder hinunter. „Es geht wie von selber."

Golo schaut eine Weile zu. In einem Moment, wo die Frau und der Mann gebannt auf Nick blicken, zieht er sich zurück, wandert auf dem Weg weiter.

Unter einer gewaltigen Platane, die dem Himmel entgegenwächst, begegnet er einer Frau. „Mein Körper", sagt sie, „ist eine Karte des Parks." Sie zieht sich aus. „Meine Brust ist der runde Hügel. Auf meinen Hüften findest du sämtliche Wege."

- „Du hast deinen Körper sehr kunstvoll bemalt", anerkennt Golo.

Sie fährt fort und mit den Fingern über ihren Leib: „Ich möchte, dass du dich besser orientieren kannst. Es gibt einen Pavillon im Park. Willst du wissen, wo er sich verbirgt und mit mir hineingehen?"

Aus der Ferne lässt sich Nicks Stimme vernehmen. „Wo

bleibst du, Golo?"

Die Frau mustert Golo von Kopf bis Fuß. „Du bist also Golo", stellt sie fest, „und wer sucht dich?"

Nick lässt sich sehen. „Ich bin Nick."

Sie schlüpft in die Kleider. „Wärst du jemand anderer, wenn du einen anderen Namen hättest?"

- „Diese Frage habe ich mir noch nie gestellt. Der Name Nick passt zu mir. Es macht mir eben Freude, wenn irgendwer mir zuruft: Hallo Nick!"

Ein Mann springt mit weit ausgestreckten Beinen wie ein Flugkörper zur Platane, ruft vergnügt: „Hallo Nick!"

Nick fährt herum. „Woher kennst du mich?"

- „Ich hörte nur zufällig, dass es dich freut, wenn jemand ‚Hallo Nick' ruft. Das wollte ich gleich ausprobieren."

- „Und womit könnte man dich erfreuen?" fragt Nick.

Der Mann tänzelt von einem Bein aufs andere. „Im Park soll es einen Pavillon geben. Den würde ich gern sehen."

- „Ich führe dich hin", sagt die Frau, lenkt die Schritte auf einen Kiesweg.

Der Mann folgt ihr. „Ich finde leicht Kontakt, weil ich so spontan bin."

Nick wendet sich an Golo. „Ich stelle mir den Pavillon wunderbar vor. Gehen wir mit?"

- „Geh du nur vor! Es hat keine Eile", entgegnet Golo, „ich schaue mir in aller Ruhe den Park an. Früher oder später langen wir von selber an."

- „Ich habe es auch nicht eilig", versichert Nick, „der Pavillon läuft uns gewiss nicht davon."

Eine Frau stößt dazu. Sie hat ein paar Teeblätter in der Hand. „Seid ihr durstig?"

Nick schickt ihr ein Lächeln zu. „Wir sind schon so lange ohne einen Tropfen zu trinken unterwegs. Ich komme mir fast als Extremsportler vor."

- „Wobei", gibt die Frau zu bedenken, „gerade Extremsportler dafür besorgt sind, genug Flüssigkeit aufzunehmen."

- „Dann wäre ich sehr gern ein Extremsportler", sagt Nick und wirft einen Blick auf die Teeblätter.

Sie fragt Golo: „Hast du auch schon einmal Tee genossen, der mit kaltem Wasser aufgegossen wurde?"

- „Das kenne ich gar nicht", antwortet er.

Sie führt Nick und Golo zu einer Felsenplatte, wo sie eine Karaffe mit Wasser und Gläser aufgestellt hat, verteilt die Blätter auf 3 Gläser. „Ich gieße den grünen Tee mit kaltem Wasser auf."

Nick erkundigt sich: „Kann ich behilflich sein?"

Die Frau dankt. „Nicht nötig. Ich habe alles vorbereitet. Es macht mir Spaß, euch zu bewirten." Sie weist auf eine Parkbank. „Nehmt doch Platz."

Nick lässt sich auf die Bank fallen. „Auch Extremsportler müssen sich eine Pause gönnen."

Die Frau sieht Golo direkt in die Augen. „Im Ernst, was für einen Sport treibt ihr?"

- „Wir schauen uns den Park an", berichtet er und bleibt stehen.

Die Frau reicht ihm ein Glas. „Das ist die ideale Gelegenheit, den Alltagsstress hinter sich zu lassen und entspannt zu bummeln."

Sie bringt Nick ein Glas. „Aber zuerst trinken wir den Tee."

Er kostet ihn. „Kalt aufgegossen schmeckt er fast würziger."

Die Frau fragt Golo: „Wie findest du ihn?"

Er nimmt einen Schluck. „Jeder Tee hat auf seine Weise Vorzüge."

Der wunderbare Stift

Durch die Schlucht führt ein Pfad. Nick und Golo blicken hinunter. Türkisblau fließt der Fluss. Eine Frau tanzt Schritt für Schritt. In der linken Hand schwenkt sie einen Eimer mit grüngelber Farbe, beschwingt, aber nie so heftig, dass sie einen Tropfen Farbe verliert. Daumen und Zeigefinger der rechten Hand spielen mit dem Pinsel.

„Gut, dass du Farbe bringst", lobt Nick, „mein Freund Golo würde gern malen."

Golo wehrt ab. „Du musst mich vorher fragen, bevor du über mich redest."

Die Frau stellt den Eimer ab. „Für mich ist nicht so wichtig, wer etwas sagt. Hauptsache, einer von euch nimmt den Pinsel und malt. Es ist eine Naturfarbe, die alle überrascht, aber niemandem schadet, nicht einmal den Flechten oder dem Moos am Felsen."

Nick sagt mit aufmunterndem Blick zu Golo. „Das ist genau die richtige Farbe für dich. Du möchtest doch die Natur schonen."

Sie gibt ihm den Pinsel. „Ich bin Ria. Male doch einfach die Buchstaben meines Namens."

Golo tunkt ihn in die Farbe, schreibt ein großes R an den Felsen. Zu seiner Verwunderung tropft schreiendes Pink vom Buchstaben. „Will ich das wirklich?" fragt er sich.

Ria lässt das Pink auf den Arm tropfen, wo es kleine Herzen bildet. „Es kommt selten vor, dass mir jemand die Zuneigung so direkt zeigt."

Golo gibt ihr den Pinsel zurück. „Das übertrifft alles, was sich aus einem einfachen Buchstaben entwickeln kann!"

Nick schlägt vor: „Wir sollten ein Blatt Papier auftreiben und es darunter halten, solange die Farbe tropft."

Ria legt den Pinsel auf den Eimer, zeigt auf den Weg, der aus der Schlucht führt. „Vielleicht treffen wir jemanden, der ein Blatt hat."

Nick eilt voraus. „Tropfen sind nicht einfach Tropfen."

Sie folgt ihm. „Im Umgang mit meiner Farbe erlebe ich immer neue Überraschungen." Nach wenigen Schritten dreht sie sich um. „Wartest du beim Felsen auf uns?"

Golo bewegt sich zum kleinen Pfad. „Ich erkunde die Schlucht. Mich nimmt wunder, was es da alles zu sehen gibt."

- „Wir treffen uns doch gleich wieder", erwartet sie.

Senkrecht erhebt sich die Felswand über dem Fluss. Ein Mann tritt aus dem Schatten. Er zeigt Golo Scherben und Ziegelsteine. „Das sind Spuren einer früheren Zivilisation. Darf ich dir eine Scherbe schenken?"

Golo wählt die kleinste aus. Sie ist blaugrün und klein wie ein Fingernagel.

- „Du hast eine gute Wahl getroffen", findet der Mann, „das ist die Scherbe einer Tasse, aus der in uranfänglicher Zeit ein Mensch möglicherweise Tee getrunken hat." Er schreitet um den Felsen herum. Golo schaut ihm nach, bis er seinem Blickfeld entschwunden ist. Er dreht und wendet die abgerundete Scherbe in seiner Hand. Eine Frau verändert ihren Schritt. „Gerne würde ich eine Halskette basteln. Was mir fehlt, ist eine Scherbe. Ich könnte ein Loch bohren und eine filigrane Kette hindurchziehen."

Golo legt die Scherbe auf die Innenfläche der Hand. „Was müsste ich tun, dass sie dir gefällt?"

Entzückt greift sie zu. „Das ist genau das Teil, dass ich überall gesucht habe. Tausend Dank!"

In der Zwischenzeit sehen sich Ria und Nick nach einem Blatt um. „Zuweilen erscheint mein Freund etwas eigensinnig", sagt er, „aber ich kann mich auf ihn verlassen. Ich habe natürlich auch ein Gespür für die Wege, die er einschlägt."

Ein Mann wandelt auf dem Felsenweg. „Mir macht es einfach Freude, jemanden zu treffen."

- „Das geht uns auch so", erwidert Ria.

Er zieht den Rucksack ab, öffnet ihn. „Ich möchte euch meinen Handbohrer zeigen. Er ist ein kleines technisches Wunderwerk. Damit kann ich sogar ein Loch in Steine bohren."

- „Was hast du damit vor?" fragt Nick.

Der Mann drückt ihm den Bohrer in die Hand. „Ich möchte ihn verschenken."

Nick bedankt sich. „Ich finde es spannend, ein Gerät zu haben, das Außerordentliches leisten kann."

Ria erkundigt sich: „Trägst du auch Papier im Rucksack?"

- „Ich könnte zu Hause ein Blatt holen", antwortet er und will gleich aufbrechen.

Eine Frau bewegt sich auf Ria zu. „Ich habe einen Malblock in meiner Tasche. Brauchst du nur ein Blatt oder hättest du gern mehrere?"

Ria dreht sich nach ihr um. „Mit einem Blatt wäre mir vollends gedient."

Die Frau nimmt den Malblock aus der Tasche, trennt ein Blatt vom Block ab. „Das Papier ist enorm saugfähig, ideal für fließende und triefende Farbe."

- „Das wollen wir gleich ausprobieren", schlägt Nick vor.

Mit dem Blatt in der Hand eilt Ria zum Felsen. „Ich wusste es, dass wir Papier finden würden." Sie hält es unter die tropfende Farbe. Kleine Herzen entstehen.

„Hast du den Buchstaben gemalt?" will der Mann wissen.

- „Das war Golo", berichtet sie.

„Er muss über beide Ohren verliebt sein", vermutet die Frau.

Unterdessen begibt sich ein Mann ans Ufer, wo sich Golo und die Frau über die kleine Scherbe unterhalten. Seine linke Hand umspannt den Griff eines Köfferchens, worauf er mit den Fingern der rechten Hand trommelt. „Ich habe eine filigrane Kette darin. Auf den ersten Blick wirkt sie so unscheinbar, dass ich gar nicht weiß, wem ich sie geben dürfte."

Die Frau bittet ihn, das Köfferchen aufzumachen. „Eventuell ist sie genau das, was ich suche."

Der Mann öffnet es, klaubt die Kette hervor. „Manchmal lohnt es sich, etwas genauer anzuschauen."

Sie nimmt sie in die Hand. „Ich hätte nie gedacht, dass ich sie so schnell finden würde." Sie schmiegt sich an Golo. „Was sagst du?"

Er kreuzt die Beine. „Sie wird die Scherbe zum echten Hingucker machen."

Die Frau schubst ihn leicht. „Jetzt müssen wir nur noch zu

einem Bohrer kommen."

Nick beschleunigt seinen trippelnden Gang. „Hier finde ich dich", sagt er zu Golo, „einmal mehr hat sich meine Spürnase bewährt."

Sein Blick wandert zur Frau und dem Mann weiter. „Es ist nicht leicht, einen Freund zu haben, der sich nirgends lange aufhält. Aber ich finde ihn immer wieder, warum, weil ich mich in seine Haut versetze und mich frage: Wohin würde ich gehen, wenn ich Golo wäre? Ich sprinte los und hole ihn mit großer Sicherheit ein."

Die Frau starrt auf den Bohrer in seiner Hand. „Könntest du damit ein Loch in meine Scherbe bohren?"

Er streckt die Brust heraus. „Lege sie auf die Felsplatte. Es wird nur einen Augenblick dauern."

Sie hält die Scherbe mit 2 Fingern fest, während er bohrt. „Ich könnte etwas von dir lernen, glaube ich."

Nick nimmt ihr die durchbohrte Scherbe aus der Hand, bläst den Staub weg. „Was kann ich sonst noch für dich tun?"

Die Frau reicht ihm die filigrane Kette. „Passt sie? Kannst du sie durchs Loch ziehen?"

Er führt die Kette ein. „Das macht mir Vergnügen."

Der Mann klopft aufs Köfferchen. „Die Kette ist von mir."

Nick schließt sie. „Wisst ihr was? Das haben wir als Team zustande gebracht."

Er legt sie der Frau an. „Das ist der Moment, wo wir den Atem anhalten und auf ein Zeichen von dir warten: Passt sie, oder gibt es Änderungswünsche?"

Die Frau streicht mit dem Finger über die Scherbe. „Sehe ich gut aus? Ich müsste mich im Spiegel anschauen."

Der Mann anerbietet sich: „Bei mir zuhause hängt ein großer Spiegel. Du guckst hinein und prüfst, ob sie dir gefällt. Dann feiern wir mit Kaffee und Kuchen die erfolgreiche Gründung des Teams."

- „Wo wohnst du?" fragt Nick.

„Mein Haus steht über der Schlucht, nicht weit von hier", sagt er und lenkt die Schritte zu einem Weg, der durch die Felsen hinaufführt.

Die Frau schließt sich ihm an. „Mein größter Wunsch war es, eine selbstgebastelte Kette zu tragen."

Nick schwenkt den Kopf zu Golo. „Gehen wir mit?"

Golo weist auf den Felsenpfad. „Ich kundschafte zuerst die Schlucht aus."

- „Dann kommst du etwas später nach? Ich sorge dafür, dass man ein Stück Kuchen für dich aufhebt", verspricht Nick und läuft der Frau und dem Mann hinterher.

Kristallklar gluckert der Fluss zwischen kalkweißen Felsen. Golo achtet auf die Töne, deren Echo von den Felswänden widerhallt.

Eine Frau bewegt sich geschmeidig und gelenkig. Sie zeigt Golo ein leinenweißes Trikot. „Das wäre etwas für dich. Du könntest es tragen."

- „Ich trage bereits Kleider", wendet er ein.

Sie lächelt. „Es fehlt das Wappentier. Ich male es dir aufs Trikot. Das zeitigt eine starke Wirkung."

Ein Mann bummelt durch die Schlucht. „Ich suche ein Kleidungsstück, das etwas aussagt. Ist es eine Nummer, beispielsweise die Nummer 1, oder ein Wort wie ‚Liebe'?"

- „Welches Tier würde zu dir passen?" erkundigt sie sich, „bist du schnell wie ein Gepard oder eher langsam wie eine Schnecke?"

Seine Augen leuchten auf. „Es vergnügt mich, der Letzte zu sein. Andere sind kurzentschlossen, bewegen sich blitzschnell."

Sie wedelt mit dem Finger in seine Richtung. „Dann schenke ich dir das Trikot und male eine Schnecke darauf. Würde es dir gefallen?"

- „Gefallen ist nur der Vorname", erwidert er, „ich würde es Tag und Nacht tragen."

Währenddessen kostet Nick beim Mann mit dem Köfferchen ein Stück. „Ich mag deinen Kuchen."

- „Das ist längst nicht alles, was ich zu bieten habe", trumpft er auf, „ich habe einen wunderbaren Filzstift. Damit kannst du Stoff bemalen. Der Strich sieht wie gedruckt aus."

Nick denkt bei sich. „Das könnte etwas für Golo sein." Er steckt den Stift ein, rennt in die Schlucht hinunter.

Die Frau ist gerade daran, dem Mann, der sich gern gemütlich bewegt, das Trikot zu überreichen, wobei sie bedauert: „Uns fehlt nur der passende Stift, um die Schnecke zu malen. In Gedanken siehst du bereits gut aus."

Nick platzt mit der Frage herein: „Zeichnet ihr gerne auf Stoff?"

Sie legt das Trikot auf eine Felsenplatte, stößt Golo sanft an. „Malst du die Schnecke?"

Nick überreicht ihm den Stift. „Bitte nimm dieses kleine Geschenk an."

Golo hebt die Verschlusskappe ab. „Alle könnten sie malen."

Der Mann, der sich aufs Trikot freut, sagt: „Es wäre interessant zu sehen, wie du es angehst."

Die Frau ermuntert ihn: „Denk immer an alles, was du gut kannst."

Nick empfiehlt: „Halte den Stift locker, nicht verkrampft."

Golo beginnt mit dem Schneckenhaus. „Ich bin um jeden Tipp froh."

Die fliegende Gabel

In kräuselnden Wellen platscht der See ans Ufer. Golo betrachtet die Äste eines alten Baumes, die bis ins Wasser hinabragen. Nick sieht eine Frau an einem Tisch stehen. „Da gehen wir hin und fragen, was sie tut."
Golo vermutet: „Vielleicht bereitet sie ein Essen zu."
Sie zupft Basilikumblätter von den Stielen. „Bald bin ich fertig. Ich serviere die Blätter mit Frischkäse und Tomaten. Ihr seid herzlich eingeladen."
Nick tritt näher. „Kann ich dir helfen? Die ganze Zeit halte ich Ausschau, wie ich mich nützlich machen könnte."
Die Frau schlägt vor: „Du könntest die Tomaten in Scheiben schneiden."
Er ergreift das Messer. „Wer mit dem Schneiden beginnen möchte, fragt sich vielleicht, welche Technik die für ihn richtige ist."
Sie lacht. „Fange einfach an, aber schneide dich nicht in den Finger."
Golo geht am Tisch vorbei. „Ich schaue mich am Ufer um."
- „Bald sind wir fertig", teilt die Frau ihm mit, „dann lade ich euch zum Essen ein."
- „Bleibe in der Nähe", empfiehlt Nick, „du hast sicher großen Hunger."
Golo dankt für die Einladung. „Es macht mir eben Spaß, das Seeufer zu erkunden."
Mit hellen Wellen übergießen Reflexionen des Sonnen-

lichts das Ufer. Golo freut sich am Spiel des Wassers und des Lichtes.

Ein Mann dreht sich beim Gehen um die eigene Achse. Er schenkt Golo eine Rose ohne Dornen. „Sie dürfte dir gefallen. Du kannst sie betrachten, an der Blüte riechen. Sie wird dich nie stechen."

Golo atmet ihren Duft ein. „Aber ich habe keine Vase", gibt er zu bedenken.

Der Mann läuft schnell weiter. „Lass dir etwas einfallen. Es muss nicht immer eine Vase sein."

Golo blickt ihm nach, schnuppert an der Blüte. Der Duft ist betörend intensiv.

Eine Frau durchmisst den Strand mit federnden Schritten. Sie bringt eine leere Mineralwasserflasche. „Ich fülle sie mit Seewasser." Die Luft entweicht gluckernd, als sie die Flasche eintaucht. Sie platziert sie im Sand. „Hier kannst du die Rose einstellen."

In der Zwischenzeit sieht Nick einen Namen, der in die Tischplatte geritzt ist. „Wer ist Sonja?" fragt er.

„Das bin ich", erwidert die Frau, die Basilikumblätter zupft. Nachdem er die Tomaten geschnitten hat, legt er das Messer ab. „Ich sehe, wo Golo bleibt. Vielleicht hat er das Ufer schon erkundet und freut sich auf den kleinen Imbiss."

Sonja nickt ihm seitwärts zu. „Bis ihr zurück seid, ist alles schon vorbereitet."

Nick geht los. „Das tönt verlockend."

Unterdessen lädt die Frau Golo ein, sich zu ihr in den

Sand zu setzen und die Rose zu betrachten. „Sie gibt ihr Geheimnis erst nach längerem Anschauen preis."

- „Welches Geheimnis meinst du?" fragt er.

„Weshalb sie ohne Dornen gewachsen ist", erklärt sie.

Gerade, als er sich zum Gehen wendet und verspricht, er werde unterwegs darüber nachdenken, trifft Nick ein. „Ich habe eine gute Idee. Wir könnten die Rose auf den Tisch stellen, Tomaten, Basilikum und Frischkäse genießen."

Gemeinsam gehen sie zu Sonja, welche bereits Stühle um den Tisch gerückt hat. Die Rose erhält einen Ehrenplatz auf dem Tisch. Nick erläutert: „Rein botanisch betrachtet, hat die Rose gar keine Dornen, sondern Stacheln. Wir hätten als eine stachellose Rose."

Seine Erklärung löst viele scherzhafte Bemerkungen aus. Nach dem Essen bietet Sonja der kleinen Gesellschaft an, die Rosen in ihrem Garten anzuschauen. „Mit Dornen oder Stacheln, wie ihr wollt", fügt sie bei.

Die Frau vom Strand ist sofort dabei. „Mir gefallen Rosen."

Nick wirft Golo einen aufmunternden Blick zu. „Du liebst doch die Blumen. Sicher kannst du es kaum erwarten, die Rosen zu sehen."

Golo sagt jedoch, er wolle lieber später in den Garten gehen. „Das Licht am See ist sehr anziehend."

Nick begleitet ihn, hält ihm vor: „Irgendwie war es auch schade, so früh aufzubrechen. Wir sind doch erst richtig ins Gespräch gekommen."

- „Ich brauche etwas Auslauf", betont Golo, „nachher fällt mir ein Aufenthalt im Garten leichter."

Sichelförmig ist der feine Sandstrand geschwungen. Blautürkis gleißt das Wasser.

Eine Frau stößt einen riesigen Werkzeugkasten auf Rädern. Sie öffnet die Tür. „Welches Werkzeug möchtet ihr haben?"

- „Irgendwann könnten wir alle brauchen", antwortet Nick, „für den Moment genügt uns ein Hammer."

Golo wundert sich. „Wozu brauchst du ihn?"

Nick nimmt den Hammer aus dem Kasten. „Ich habe keine Ahnung. Der Stiel ist sehr griffig. Der Kopf wirkt schlagbereit."

Die Frau lobt ihn. „Du hast eine gute Wahl getroffen. Dieser Hammer wird euch bestimmt viel Freude bereiten."

Sie streichelt Golo über den Unterarm. „Welches Werkzeug wählst du aus?"

Er stellt die Beine schulterbreit nebeneinander. „Wenn ich eine Arbeit planen würde, griffe ich gern zu, aber ich bin am Spazieren und sehe mir den See an."

Die Frau schließt den Kasten. „Die Räder ziehen eine Spur in den Sand. Wenn dir plötzlich etwas einfällt, läufst du ihr einfach nach. Alles, was im Kasten ist, steht dir zur Verfügung."

Golo dankt für das Angebot.

„Nichts zu danken", erwidert sie, „wenn ich viele Werkzeuge habe, ist das Schlimmste, was mir passieren kann, dass sie niemand braucht." Sie schiebt den Kasten fort.

Nick guckt ihr nach, dreht sich auf dem Absatz um, wendet sich an Golo. „Wenn du plötzlich eine Zange benötigst, musst du weit laufen."

- „Ich bin gern unterwegs, in alle Richtungen", versetzt Golo, „das würde mir nichts ausmachen."

Sie folgen dem Seeufer. Ein Mann steht neben einem

Stahlgerüst, an welchem eine riesige Glocke dicht über dem Boden hängt. „Leider hat sie den Klöppel verloren. Ich weiß nun nicht, wie man sie anschlagen könnte."

Nick schwingt den Hammer. „Das ist doch keine Frage." Er schlägt die Glocke an, erzeugt einen mächtigen, runden Klang, der über den Strand schallt. Dann legt er den Hammer ab, horcht.

Eine Frau eilt im tänzelnden Laufschritt herbei. Sie bringt eine Hose. „Zugegeben, sie sieht gewöhnlich aus, aber sie hat eine wunderbare Wirkung."

Der Mann zieht seine Hose aus. „Ich bin sehr neugierig und gespannt, was es ist." Er schlüpft in die neue.

Nick ermuntert ihn: „Greife in die Tasche. Vielleicht ist etwas darin."

Tatsächlich findet der Mann eine kleine Muschel. „Wer hätte das gedacht!" Er kramt in der anderen Tasche, findet jedoch nichts. Als er nochmals die gleiche Tasche prüft, stößt er schon wieder auf eine Muschel. „Das grenzt an ein Wunder." Er holt eine um die andere hervor, bis er eine Handvoll gewonnen hat. „Was könnten wir damit anfangen?"

Die Frau schlägt vor: „Lege sie in einer Linie im Sand aus. Wir wollen sehen, wie lang sie wird."

Nick fragt Golo: „Hilfst du auch mit, die Muscheln zu verlegen?"

Golo lässt den Blick über den Strand schweifen. „Ich habe erst einen kleinen Teil des Ufers erkundet, würde mich gern weiter umsehen."

Nick folgt ihm. „Man sollte nie zu früh aufbrechen. Manchmal gewinnt man neue Freunde, wenn man im Gespräch bleibt."

Sandweiß leuchtet der Strand. Der See wirft das Licht des hohen, hellblauen Himmels zurück. Am Ufer steht ein Hase vor einer Schlange.

Golo fragt sie: „Was macht ihr?"

Die Schlange richtet sich auf. „Ich betrachte den Hasen."

Der Hase antwortet: „Ich beobachte die Schlange."

- „Treibt ihr das schon lange?" will Nick wissen.

Der Hase stellt sich auf die Hinterläufe. „Wir haben eben erst damit angefangen."

Die Schlange hebt den Kopf, züngelt: „Wir sind uns zufällig begegnet. Da macht es Sinn, sich kennenzulernen."

- „Werdet ihr gemeinsam etwas unternehmen?" erkundigt sich Golo.

„Wir gehen wieder auseinander", entscheidet die Schlange und bewegt sich fort.

Der Hase hoppelt davon. „Es war nur ein kurzer Austausch."

Golo schaut ihm nach. „Hoffentlich haben wir die Tiere nicht gestört."

Nick beruhigt ihn. „Es sah nicht danach aus."

Ein Mann mit von der Sonne ausgeblichenen Locken trägt ein Surfbrett unter dem Arm. „Wer möchte es ausprobieren? Auch ohne hohen Wellengang gleitet ihr damit übers Wasser dahin."

- „Auch ohne Paddel?" vergewissert sich Nick.

„Genau", bestätigt der Mann, „es ist dieses eine Brett, worauf ihr schon immer gewartet habt. Und es übertrifft sogar eure Erwartungen."

Er legt das Brett aufs Wasser. „Wer möchte zuerst surfen?"

Nick stellt sich darauf. Langsam, wie von unsichtbarer Hand angeschoben, gleitet das Brett auf den See hinaus, nimmt Fahrt auf, lässt sich mit der kleinsten Bewegung steuern.

Der Mann wendet sich an Golo: „Du musst dich einen Moment gedulden. Wer zum ersten Mal auf meinem magischen Brett hinausfährt, kehrt nicht nach einer halben Sekunde um."

Golo beschwichtigt: „Das ist halb so schlimm. Während Nick das Brett ausprobiert, schaue ich mich am Ufer um."

Er schlägt den Uferweg ein. Das Wasser schwappt in sanften Wellen an. In Blau- und Grüntönen schimmert der See. Eine Frau drückt dem Sand Fußabdrücke ein. „Möchtest du das Nest einer Kohlmeise sehen?"

Golo hebt die Brauen. „Das würde mir gefallen. Allerdings möchte ich sie nicht beim Brüten stören."

- „Wir stören nicht", versichert die Frau, „wir betrachten das Nest, während die Kohlmeise auf Nahrungssuche ist."

Sie führt Golo zu einem alten Briefkasten. Die Klappe fehlt. Sorgfältig öffnet die Frau die Tür. Die Eier liegen gut eingekuschelt in einem Federbett, sind glänzend weiß und hellbraun, leicht rötlich gesprenkelt. Schnell schließt sie die Tür wieder. „Wir könnten uns auf die Bank beim alten Bootshaus setzen und die Kohlmeise beobachten."

Golo sagt, er würde lieber seinen Erkundungsgang fortsetzen.

Die Frau nimmt Platz. „Vielleicht schaust du auf dem Rückweg noch einmal vorbei."

Golo will das nicht ausschließen. „Mein Streifzug geht in alle möglichen Richtungen."

Felsen und Bäume spiegeln sich. Ein zauberhaftes Leuchten entlockt die Sonne dem See. Aus dem Wasser ragt eine gigantische Gabel, als hätte sie ein Riese in den Seegrund gestoßen.

Eine Frau fragt Golo: „Ist das deine Gabel?"

Bevor er antworten kann, macht sich ein Mann bemerkbar. „Die Gabel gehört mir."

- „Was machst du damit?" will sie wissen.

„Das führe ich euch gerne vor", sagt er und pfeift durch die Zähne. Die Gabel startet raketenähnlich aus dem Wasser, fliegt zu ihm, schwebt in der Horizontale, bis er sich wie ein Reiter auf den Stiel schwingt. Dicht über dem Seespiegel reitet er davon. Dann hebt die Gabel ab und trägt ihn über die Wolken hinaus.

Die staubgraue Spinne

Blaugrün mäandert der Fluss im Tal, gesäumt von Blumenwiesen. Golo sieht sich am Ufer um, findet ein Herz, hebt es auf.

Eine Frau kommt zum Fluss hinunter. Erfreut schlägt sie die Augen auf. „Du hast mein Herz gefunden."

Er will es ihr zurückgeben. „Ich wusste nicht, dass es dir gehört."

- „Behalte es", bittet sie, „mein Herz ist jetzt dein Herz."

- „Was mache ich, wenn es jemand haben oder eintauschen möchte?" erkundigt er sich.

„Das ist für mich kein Problem", sagt sie, „du kannst es nach Belieben weitergeben oder verschenken. Vielleicht lebe ich auf, wenn mein Herz wandert."

Ein Mann geht das Ufer entlang. Er bringt eine große Scherbe. „Sie stammt von einem zerbrochenen Spiegel. Gerne würde ich sie gegen das Herz tauschen."

Golo guckt die Frau an. „Ich hätte nie gedacht, dass so schnell ein Angebot kommt."

- „Ich schon", erwidert sie, „darum habe ich dich vorbereitet. Du bist frei. Was du jetzt unternimmst, ist ganz dir überlassen."

Er nimmt die Scherbe und gibt das Herz. „Der Tausch wirkt belebend."

Die Frau tätschelt Golos Schultern. „Mein Herz lebt von der Wanderschaft."

Der Mann wiegt es in den Händen. „Wohin gehen wir?"

- „Zu mir nach Hause", schlägt sie vor, „ihr seid meine Gäste. Die Scherbe können wir im Wohnraum aufstellen."

Golo entgegnet: „Ich bin daran, das Flussufer zu erkunden. Macht es dir etwas aus, wenn ich später vorbeikomme?"

Sie schlägt mit dem Mann den Weg zu einer Anhöhe ein. „Lass dir ruhig Zeit. Du hast mein Herz gefunden, bist immer willkommen."

Der Mann fügt bei: „Ich mag offene Häuser." Er trägt ihr Herz nach.

Abwechslungsweise spiegelt die Scherbe den Himmel und den Fluss. Golo kann sie auch so wenden, dass der Himmel, der sich im Fluss spiegelt, erscheint. Sanft schwebt eine doppelt gespiegelte Wolke dahin.

Ein Mann rudert. Im Takt klatschen die Ruder ins Wasser, werfen Rillen in den Spiegel. Er steuert einen Steg an, vertäut das Boot. „Darf ich die Scherbe haben? Ich könnte sie auf die Planken legen und beim Rudern den Himmel betrachten."

Golo händigt ihm die Scherbe aus. „Pass auf, dass du dich nicht schneidest. Die Kanten sind scharf."

Der Mann legt sie behutsam ins Boot. „Mach dir keine Sorgen. Ich kann mit Scherben umgehen. Willst du einsteigen? Ich könnte dich an jeden Ort führen, der am Fluss liegt."

- „Ein andermal gern", bescheidet ihn Golo, „im Moment bin ich ganz gern zu Fuß unterwegs."

Der Mann löst das Seil. „Die Welt ist klein. Vielleicht sehen wir uns bald wieder, und du hast es dir in der Zwischenzeit anders überlegt."

- „Ganz ausschließen lässt sich das nie", pflichtet ihm Golo bei.

Der Mann stößt das Boot ab, rudert flussabwärts.

Golo schaut ihm nach, betrachtet die zerrinnenden Rillen in der Strömung. An die Oberfläche quirlen Luftblasen.

Eine Frau flaniert am Ufer unter den Bäumen. „Darf ich dir eine Höhle zeigen? Davor sonnt sich eine Hasenmaus. Sie sieht aus wie ein kleines Kaninchen, hat jedoch einen langen Schwanz."

Golo steigt mit ihr zum Felsen hinauf. Die Hasenmaus stellt die Ohren auf, blickt in ihre Richtung.

„Wenn wir uns ganz ruhig verhalten", hofft die Frau, „wird sie nicht fliehen."

Ein Mann geht einen Schritt schneller. „Was führt euch in die einsame Gegend? Seid ihr vom Weg abgekommen?"

Die Frau legt den Finger an die Lippen, bedeutet ihm, ruhig zu sein. Doch da ist die Hasenmaus schon in ihre Felshöhle geflohen.

„Habt ihr ein Tier beobachtet?" fragt er.

„Du hast eine Hasenmaus verscheucht. Wir waren sehr nahe daran", erzählt sie.

Er setzt sich auf einen Stein. „Hasenmäuse sind scheu, aber sie sind auch sehr neugierig. Wenn wir lang genug ausharren, kommt sie schon wieder zum Vorschein."

Sie nimmt auf einer Felsenplatte Platz, winkt Golo: „Setze dich zu mir. Unsere Beobachtung hat erst angefangen."

- „Ich möchte zuerst die Umgebung kennenlernen", erwidert er und kehrt zum Ufer zurück.

Der Fluss verschwindet im Wald. Die Wasseroberfläche

kräuselt.

Eine Frau hebt freundlich die Hand und winkt ihm. „Möchtest du mir eine einfache Frage stellen?"

Golo winkelt die Arme an. „Was ist für dich eine einfache Frage?"

Anstatt zu antworten, rollt sie die Augen von links nach rechts. Sie überlässt es Golo herauszufinden, wofür diese Mimik spricht.

Nick tritt aus dem Schatten heraus. „Wenn ich die Spur verloren habe und nicht weiß, wo du bist, gehe ich in den nächsten Wald hinein. Dort finde ich dich bestimmt." Erst nach dieser kurzen Ansprache bemerkt er die Frau, die mit überschlagenen Beinen auf einer Wurzel sitzt. „Störe ich?" Wiederum rollt sie die Augen von links nach rechts.

Er glaubt, die Mimik sogleich zu verstehen. „Augenbewegung von links nach rechts bedeutet: Nein." Er atmet auf. „Ich habe Glück, möchte nämlich nie in ein Gespräch platzen."

Sie sagt: „Danke! Seit langer Zeit warte ich darauf, dass mir jemand eine einfache Frage stellt."

Er fährt gleich fort: „Manchmal ist es besser, wenn ich freiheraus frage, ob ich störe. Wenn jemand dann Ja sagt, verdrücke ich mich schnell. Ein Nein dagegen beruhigt alles. Wir unterhalten uns und können in aller Ruhe herausfinden, was wir als nächstes unternehmen wollen."

In diesem Augenblick treibt ein Segelboot ans Ufer. Zunächst scheint es unbemannt zu sein. Doch dann zeigt sich am Ruder ein winziges Kerlchen. Es ruft: „Steigt ein! Es ist wunderbares Wetter zum Segeln."

Die Frau erhebt sich. „Ich mag direkte Einladungen."

Als sie ins Boot steigt, erkundigt sich das Kerlchen: „Wie geht es dir?"

Sie rollt die Augen von links nach rechts.

Das Kerlchen ist hocherfreut. „Ich dachte sogleich, dass es dir gutgeht." Es wendet sich an Nick und Golo. „Steigt ein! Zusammen bilden wir ein Segelteam, das sich sehen lassen kann."

Nick ist schon halb im Begriff einzusteigen. „So eine Gelegenheit bietet sich nicht alle Tage. Warum zögerst du?"

- „Ich bin daran, das Ufer zu erkunden", antwortet Golo.

„Das kannst du doch auch vom Boot aus", meint Nick.

Golo sagt, zu Fuß könnte er im eigenen Takt und Tempo gehen.

„Das stimmt", pflichtet ihm Nick bei. Er gibt dem Kerlchen einen Wink. „Wir steigen ein andermal zu." Nicht ohne Bedauern sieht er zu, wie das Kerlchen das Boot in die Mitte des Flusses lenkt. Die Segel blähen sich. Es nimmt Fahrt auf und verschwindet.

„Ich hätte gern die Frau mit den sprechenden Augen näher kennengelernt", vertraut Nick Golo an, „auch das winzige Männchen hätte uns sicher viel zu erzählen gewusst."

- „Ich hielt dich nicht zurück", betont Golo.

„Das würdest du nie tun", nimmt Nick an, „obwohl gute Freunde manchmal darum ringen, dass sie zusammenbleiben."

Das Ufer ist dicht bewachsen mit Laubbäumen und Farnen. Lichtfinger fallen durchs Blätterdach. Vor der einzigen freien Wand eines eingewachsenen Hauses steht eine Frau. Sie hat eine Spraydose in der Hand, fragt: „Könnt ihr umgehend eure Lebensmaxime an die Wand sprühen?"

Nick nimmt ihr die Dose ab. „Unsere Maxime ist ganz einfach: Gute Freunde kommen überall durch."

Sie guckt Golo an. „Ist das eure gemeinsame Maxime? Oder hast du eine eigene?"

Er gesteht: „Wir haben bisher noch nie darüber gesprochen. Ich müsste zuerst darüber nachdenken, was meine Maxime sein könnte."

Nick gibt ihm die Dose. „Du bist ganz frei. Was ist dir wichtig? Wonach handelst du? Was willst du? Das musst du einfach in einen Satz bringen, und fertig ist die Maxime. Außerdem versteht es sich von selber, dass sie sich von einer Sekunde zur nächsten verändern kann."

Die Frau hebt eine Braue. „Das wäre dann eine Sekundenmaxime. Ich würde jedoch gern eine Lebensmaxime sehen." Sie streift Golo sanft über die Schulter. „Und zwar deine."

Er hebt den Deckel von der Dose, sprayt den Satz: „Ich erkunde das Leben."

Die Frau nimmt ihm Dose und Deckel ab, sagt: „Die Wand lebt auf mit deiner Maxime."

Nick sieht sich um. „Ja dann! Was erkunden wir als nächstes?"

- „Das Ufer", sagt Golo und wendet sich zum Gehen.

Nick guckt die Frau an. „Kommst du auch mit?"

Sie läuft ins Haus. „Ich bereite einen Imbiss vor. Wenn ihr alles angeschaut habt, kommt ihr zurück, und wir genießen eine kleine Mahlzeit."

Die Kronen der Bäume rauschen im Wind. Gesprenkelt von Sonnen- und Schattenflecken, folgt der Weg dem Fluss.

„Allzu weit gehen wir nicht", schlägt Nick vor, „ich möchte das Essen nicht verpassen."

Ein Mann sitzt mitten im Weg vor einem Ei. „Es ist so weit." Er deutet auf ein Loch. „Gleich wird das Küken schlüpfen." Nach und nach pickt es die Schale auf, schlüpft. Der Mann beugt sich über das nasse Küken. „Es hat es geschafft." Er hebt den Kopf. „Wollt ihr meine Hühner sehen?" Behutsam nimmt er das Küken in die Hand. „Sie freuen sich über jeden Besuch, und die Hennen sind natürlich mächtig stolz auf ihre Küken."

Nick geht mit ihm. „Sicher schlüpfen noch weitere."

Der Mann dreht sich nach Golo um. „Kommst du auch mit?"

Nick stellt ein Bein vor. „Das dürfen wir uns nicht entgehen lassen."

Golo bleibt auf dem Uferweg. „Ich gehe dem Fluss nach, schaue mich um, komme eventuell etwas später."

Ein Zweig ragt ins Wasser. In den Ufergräsern spielt der Wind. Eine Schranktür ist in den uralten Stamm einer hohlen Weide eingebaut.

Davor steht eine Frau. Sie öffnet die Tür. An einem Kleiderbügel hängt ein staubgrauer Anzug. „Wäre das etwas für dich?"

Ein Mann hemmt seinen Schritt. „Selten sieht man einen Anzug, der so unauffällig wirkt. Hat es damit eine besondere Bewandtnis?"

Die Frau dreht sich ihm zu. „Wer ihn anlegt, sieht einer Spinne zum Verwechseln ähnlich."

Der Mann legt seine Hose und Jacke ab. „Das kann ich mir fast nicht vorstellen."

Er schlüpft in den Anzug. „Es passiert nichts." Kaum hat er jedoch den letzten Knopf des Sakkos zugeknüpft, wachsen ihm 8 Beine, während sich seine menschliche Gestalt in einen staubgrauen Ober- und Unterleib verwandelt. „Seit vielen Jahren wollte ich eine Spinne werden. Heute habe ich es geschafft."

Die Quellen am Seeboden

Im Wald stellt sich Golo unter die Äste eines Baums, erlebt die Magie von Licht und Schatten. Der Wind rauscht durch die Krone.

Eine Frau schaut hinter dem Stamm hervor. „Ich kann dich bis ins kleinste Detail kopieren. Soll ich das tun? Ich würde dann aussehen wie du, handeln wie du."

Golo hebt die Arme. „Mir gefällt es, wenn du ganz dich selber bist, einmalig und keine Kopie."

Ein Mann stößt hinzu. „Was macht ihr im Wald?"

Sie kehrt ihm den Kopf zu. „Überkommt dich nicht manchmal die Lust, dich selber von außen zu sehen?"

Er steht breitbeinig. „Wie meinst du das?"

„Nun", sagt sie, „wenn du dich im Spiegel oder in einem Film siehst, bekommst du eine kleine Ahnung davon, wie es wäre, wenn eine Kopie von dir auftreten würde."

Der Mann grinst. „Leider gibt es mich nur im Original."

- „Bis jetzt", versetzt sie, „ich könnte dich nämlich kopieren, aber nur, wenn du das ausdrücklich willst."

Er reibt sich das Kinn. „Wie soll das gehen? Wir sehen vollkommen verschieden aus."

- „Nicht mehr lange", betont sie, „ein kleines Zeichen von dir genügt, und ich werde zu einem Mann deiner Größe, gleiche dir aufs Haar. Niemand kann uns unterscheiden, denn ich kopiere auch deine Stimme und Haltung."

Der Mann lacht schallend. „Das glaube ich erst, wenn ich

es sehe."

- „Heißt das", forscht sie, „du möchtest es wirklich erleben?"

- „Jetzt und sofort", bittet er.

Kaum hat er die Worte ausgesprochen, nimmt sie seine Gestalt an. „Wie du willst."

Er zuckt zusammen, stutzt. „Warum erschrickst du nicht wie ich?"

Sie antwortet mit seiner Stimme. „Weil ich die Verwandlung voraussah und selber machte. Ich kopiere deine ganze Person, nicht dein flüchtiges, augenblickliches Verhalten. Hättest du zum Beispiel geahnt, dass ich, deine Kopie dir davonlaufen könnte?"

Der Mann langt sich an den Kopf. „Wieso denn?"

- „Damit du mir nachläufst", sagt sie und rennt weg.

Er nimmt die Verfolgung auf. „Warte bitte! Wir müssen erst besprechen, was du unternimmst."

Golo blickt dem Mann und seiner Kopie nach. Die Schritte und Rufe verhallen im Wald. Er sieht sich um, entdeckt einen schmalen Pfad, der ins Waldesinnere führt. Die Eichen ragen hoch in den strahlend blauen Himmel. Verborgen im Schatten der Bäume liegt eine Teppichrolle.

Eine Frau hüpft in vielen kleinen Sprüngen über die Wurzeln. Sie trägt ein gepunktetes Petticoat-Kleid und fragt: „Hilfst du mir, den roten Teppich auszurollen?"

- „Hier im Wald?" wundert sich Golo.

Nick klettert über Äste und Holzreste. „Was liegt an?"

Sie erklärt: „Ich möchte den roten Teppich ausrollen und brauche Hilfe."

Unverzüglich beginnt Nick. Er schiebt die große Rolle an.

„Sie sah schwerer aus. Es fällt jedoch leicht, sie zu bewegen."

Nachdem der Teppich in voller Länge über den Waldboden ausgebreitet liegt, richtet er sich auf. „Wer möchte darüber schreiten?"

Die Frau streift mit der Zehenspitze Golos Fuß. „Ich möchte Arm in Arm mit dir darüber gehen."

Golo weist auf Nick. „Er hat sich angestrengt. Ich würde ihm gern den Vortritt lassen."

Nick bietet ihr den Arm an. „Wir könnten es einmal vormachen. Vielleicht kommt Golo dann auf den Geschmack."

Ein Fotograf kommt angerannt. „Bleibt so stehen, wie ihr seid. Das wird eine wunderbare Aufnahme."

Er gibt der Frau und Nick einen Wink. „Stellt einen Fuß vor, als würdet ihr gehen."

Als sie diese Stellung eingenommen haben, versieht er sie mit einer neuen Anregung. „Lockert die Haltung. Das Bild sollte den Anschein erwecken, als würdet ihr völlig entspannt gehen." Anweisung folgt auf Anweisung.

Golo folgt dem schmalen Pfad. Die Stimme des Fotografen verhallt. Dicht an dicht wachsen die Bäume. Zwischen den Ästen fällt Sonnenlicht auf sein Gesicht. Eine Frau pflückt Brombeeren. Sie hat auf eine Felsenplatte ein Reibeisen, einen Teller, ein Messer und eine Zitrone gestellt. „Neue Ideen sind gefragt. Hast du eine?"

Bevor Golo zum Antworten kommt, nähert sich Nick mit besonders geschmeidigem Gang. „Wo bist du geblieben? Wir haben dich vermisst. Der Fotograf hätte dich auch gerne auf dem roten Teppich abgelichtet."

Sein Blick fällt auf die Frau. „Brombeeren sind meine Lieblingsbeeren."

- „Ist gut", sagt die Frau, „dann habe ich sie nicht für mich allein gepflückt." Sie leert die Beeren vom Pflückkorb auf den Teller. „Wie würdest du sie servieren?"

Er ergreift das Reibeisen. „Ich reibe die Zitronenschale ab." Er streut den Abrieb über die Beeren. Dann halbiert er die Zitrone mit dem Messer, presst den Saft aus. „So macht es Spaß, die Beeren zu genießen."

Sie bietet den Teller Golo an. „Wärst du auch auf die Idee mit dem Reibeisen und dem Saft gekommen?"

Er kostet eine Beere. „Es gibt viele Arten, Brombeeren zu genießen."

Nick betrachtet die Lippen der Frau. „Sie sind wunderbar blauviolett verfärbt."

- „Das ist erst der Anfang", erwidert sie, „ich werde noch viele Beeren pflücken. Seid ihr dabei?"

Nick lässt den Blick von den Beerenranken zu Golo wandern. „Was hast du vor?"

- „Ich habe erst einen kleinen Teil des Waldes gesehen. Gerne würde ich ihn weiter auskundschaften."

Nick schnappt sich eine Handvoll Beeren als Wegzehrung und begleitet ihn. „Du hast es doch gar nicht eilig. Warum sind wir nicht länger bei der Frau geblieben? Jetzt finden wir nie heraus, was sie mit der Anspielung, das sei erst der Anfang, sagen wollte."

- „Du hättest auch bei ihr verweilen können", betont Golo, „ich habe dich nicht aufgefordert, mich zu begleiten."

- „Das stimmt", räumt Nick ein, „Freunde sind eben beisammen und unternehmen alles gemeinsam."

Golo widerspricht: „Es gibt auch Freunde, die zuweilen

ganz eigene Wege gehen."

- „Ich finde das fast ein bisschen schade", meint Nick, „bedenke nur die vielen Augenblicke, die sie gemeinsam erleben könnten."

Urwaldähnlich wuchert der Wald. Grün schimmert in allen Schattierungen. Mittendrin leuchtet erdbeerrot eine Tee-büchse. Sie hat die Form einer englischen Telefonkabine und steht auf einer Felsenplatte. Die Frau, der sie gehört, fragt freundlich: „Darf ich euch zum Tee einladen?"

- „Jederzeit gerne", antwortet Nick.

Es klingelt in der Büchse. Die Frau öffnet den Deckel, führt einen pfefferminzgrünen Löffel an den Mund, eine Tasse derselben Farbe ans Ohr und meldet sich: „Hallo?"

Die Stimme aus der Tasse erkundigt sich: „Darf ich den Tee servieren?"

- „Sei so gut", bittet die Frau.

Es knackt im Unterholz. Ein Butler in eleganter Dienstklei-dung trägt auf einem silbernen Tablett 4 Tassen und einen Krug. Er stellt die Tassen auf die Felsenplatte, schenkt ein, entfernt sich mit leisem Nicken.

Die Frau guckt Golo an. „Soll ich Stühle bestellen?"

„Das ist nicht nötig", findet er. Er wendet sich an Nick. „Oder möchtest du sitzen?"

- „Stehen passt", entscheidet Nick, „ich bin angenehm überrascht, dass du meine Meinung einholst."

- „Wandert ihr schon lange zusammen?" will die Frau wis-sen.

„Sagen wir es so", berichtet er, „mein Freund drängt pau-senlos zum Aufbruch, während ich gern in angenehmer Gesellschaft verweilen würde. So droht uns ständig, dass wir uns verlieren. Doch ich hole Golo immer wieder ein."

- „Bestimmt machst du deinen guten Einfluss geltend, dass es nicht bei einer Tasse bleibt", wünscht sie, „ihr seid meine Gäste, und ich würde euch gerne verwöhnen."

- „Es ist nicht so arg, wie Nick es schildert", verdeutlicht Golo, „aber es kann doch sein, dass man neugierig ist, wie es im Waldesinnern wohl aussehen mag. Kaum stelle ich mir die Frage, drängt es mich, tiefer einzudringen." Er stellt die Tasse ab. „Und dann mache ich mich eben auf den Weg."

Nick zuckt mit den Achseln. „Es ist wieder so weit." Er trinkt den Tee aus.

Das bedauert die Frau sehr. „Wollt ihr mich ganz allein mit dem Tee zurücklassen?"

Ein Mann reckt die Hände, um auf sich aufmerksam zu machen. „Wenn ich Glück habe, gibt es noch einen Tropfen für mich. Oder ist der Tee schon ausgetrunken?"

- „Im Gegenteil", freut sich die Frau, „der größte Teil ist noch im Krug und wartet auf einen durstigen Gast."

Er setzt sich auf einen bemoosten Stein, lässt sich den Tee schmecken. „Kann ich mit einem Wort sagen, wie ich ihn finde?" Er trinkt einen Schluck, denkt nach. „Ich würde sagen: aromatisch."

Beim Weitergehen stupst Nick Golo an. „Hätten wir nicht eine Sekunde länger verweilen können? Die Frau war außerordentlich freundlich."

- „Ich habe dich nicht genötigt aufzubrechen", betont Golo, „du bist doch hoffentlich freiwillig mitgekommen." Er hört ein verhaltenes Rauschen in den Bäumen. Licht durchflutet den Wald, dringt durch die Äste und Blätter.

Eine Frau geht barfuß, rollt den Fuß von der Ferse bis zur Zehenspitze ab. „Ich würde gern mit euren Zehen spielen."

Nick streift die Sandalen ab. „Das ist eine gute Idee."

Ihre Zehen berühren seine, stoßen sie an, krallen, ziehen sich zurück. Sie blickt Golo bedeutsam an. „Machst du auch mit?"

Er zieht die Sandalen aus. Seine Zehen gesellen sich zu den anderen, umspielen sie. „Was macht dir an der Berührung Spaß?"

Sie streicht mit ihren Zehen über seine. „Wir kommen uns näher, stehen in Kontakt."

- „Es belebt uns", ergänzt Nick.

Ein Mann schreitet auf nackten Sohlen durch den Wald. „Im Wald hat es einen kleinen See", berichtet er, „dort solltet ihr unbedingt mit mir tauchen gehen."

- „Was hast du gefunden?" fragt die Frau.

„Es hat Quellen am Seeboden", teilt er mit, „ich konnte spüren, wie sie das Wasser ausstoßen."

Nick schlüpft in die Sandalen. „Kannst du uns den See zeigen?"

- „Deswegen bin ich hergekommen. Ich finde, alle Menschen sollten mit den Quellen in Berührung kommen."

Die Frau begleitet ihn. „Ich hätte nicht geahnt, dass ich heute noch zu einem Taucherlebnis kommen würde."

- „Das ist meine Art", sagt er, „ich mache euch auf etwas aufmerksam und freue mich, wenn ihr neugierig werdet."

Nick stößt Golo an. „Kannst du gut tauchen?"

Er zieht die Sandalen an. „Es kommt darauf an, wie tief der See ist."

Nick schließt zum Mann auf. „Müssen wir weit hinab tauchen?"

- „Der Waldsee ist magisch", schwärmt der Mann, „wenn ihr am Ufer steht, hält ihr ihn für unergründlich tief. Aber mit 2 bis 3 energischen Schwimmzügen sind wir auf dem Grund."

Der Blauwal schnappt die Tasche

In die Tiefe schießt ein Wasserfall, schäumt das Wasser auf. Goldener Dunst durchzieht die Luft. Nick und Golo gehen auf dem Pfad, der einen Bogen um das funkelnde Felsenbecken schlägt.

Eine Frau schwebt im Trippelschritt aus dem Staub des Wasserfalls. Sie trägt einen korallenroten Tulpenstrauß. „Wem darf ich die Blumen schenken?"

Nick weist auf Golo. „Er ist mein Freund. Gute Freunde sollten ab und zu Geschenke bekommen."

Die Frau überreicht ihm den Strauß. „Er passt wunderbar in deine Hand."

- „Das ist schon möglich", räumt Golo ein, „aber wir müssten auch etwas unternehmen, dass die Blumen nicht vorschnell welken."

Kurz bevor die Frau zwischen den Felsen verschwindet, beruhigt sie ihn mit dem Zuruf: „Euch fällt bestimmt etwas ein."

Golo wendet sich an Nick. „Besser wäre es gewesen, die Frage, wie der Strauß zu pflegen sei, vorab zu klären. Dann wüsste ich jetzt, wie ich es anstellen könnte."

- „Zuerst einmal", rät Nick, „freust du dich einfach. Man bekommt nicht jeden Tag Blumen geschenkt. Was daraus wird, werden wir sehen. Mach dir keine Sorgen! Du kannst auf meine Hilfe zählen."

Ein Mann springt von Stein zu Stein über den Bach. „Die

ganze Zeit suche ich einen Blumenstrauß."

Nick raunt Golo zu: „Das ist die Gelegenheit. Du kannst ihn anbieten und machst den Mann sofort glücklich."

- „Gefallen dir die Tulpen?" erkundigt sich Golo.

Der Mann gerät ins Schwärmen. „Das wird ein unvergessliches Erlebnis! Ich möchte meine beste Freundin mit etwas ganz Besonderem überraschen. Ich frage sie nämlich, ob sie meine Frau werden möchte. Dabei würde ich ihr gern den Strauß schenken. Tulpen sind ihre Lieblingsblumen."

- „Helfen ist für uns eine Herzensangelegenheit", versichert Nick, „wie steht es mit der Farbe?"

„Genau dieses Rot ist ihre Lieblingsfarbe", antwortet der Mann.

Golo übergibt ihm den Strauß. „Ich wünsche dir viel Glück."

Der Mann dankt, rennt davon. „Gleich entscheidet sich, ob mein Traum Wirklichkeit wird."

- „Ich dachte es", trumpft Nick auf, „uns hätte nichts Besseres geschehen können, als mit diesem Strauß bereit zu stehen."

- „Trotzdem", bedingt sich Golo aus, „in Zukunft fragst du mich, bevor du über mich entscheidest."

- „Wenn das Glück kommt, darf man nicht zögern", widerspricht Nick.

In mehreren Kaskaden fließt der Gießbach ins Tal. Die Luft glitzert, als würde Sternenstaub darin liegen.

Eine Frau streift durch den Hang. Sie hat einen Teller und einen Holzstab bei sich, fragt: „Wer kann den Teller auf der Spitze des Stabes rotieren lassen?"

Nick wirft Golo einen aufmunternden Blick zu. „Das wäre etwas für dich. Es braucht etwas Geschicklichkeit. Aber du könntest es schaffen."

Golo weicht einen Schritt zurück. „Könntest du es mir vormachen? Vielleicht lerne ich beim Zuschauen."

Nick streckt die Hand aus. „Es ist ganz einfach."

Die Frau reicht ihm den Stab und den Teller. „Willst du es versuchen?"

Er hängt den Teller am Rand der Stabspitze ein. „Eigentlich möchte ich meinen Freund dazu bewegen." Langsam bringt er den Teller zum Drehen um die Stabspitze. „Du musst dir vorstellen, dass der Teller nur ein Ziel hat: Er möchte um seine Mitte kreisen." Er hält den Stab senkrecht, dreht den Teller aus dem Handgelenk schneller. „Auch die Vorstellung, dass der Teller gern schweben würde, kann hilfreich sein." Nun hält er den Stab ruhig. Die Tellermitte springt auf die Stabspitze. Der Teller dreht.

Ein Mann kommt zu ihm, nimmt ihm den Stab mit dem Teller ab. „Darf ich?"

Nick erklärt Golo. „Das Tellerdrehen ist sehr begehrt. Schon ist ein neuer Spieler an der Reihe, und du musst warten."

Golo geht zum Gießbach. „In der Zwischenzeit sehe ich mir die Felsen und den Wasserlauf an. Ich finde es spannend, wie das Wasser im Lauf der Jahrhunderte den Stein formte."

- „Bleib nicht zu lange weg", bittet die Frau, „es macht auch Spaß, den drehenden Teller weiterzugeben und dabei kleine Kunststücke zu zeigen. So kommen viele Spieler hintereinander zum Zug."

Nick folgt Golo. „Du hast es gehört. Ihr liegt viel daran, dass auch du den Stab übernimmst."

- „Einstweilen ist ein anderer an der Reihe", widerspricht Golo, „und es sah nicht danach aus, als würde er schnell wechseln wollen."

Feine Wasserfälle ädern die Felswand. Das Wasser plätschert durch ein ovales Becken.

Eine Frau versucht, mit herausgestreckter Zunge die Tröpfchen einzufangen. „Das solltet ihr auch probieren", rät sie, „es erfrischt ungemein. Ein Tröpfchen berührt eure Zunge, und ihr seid ein anderer Mensch."

Nick tritt näher. „Eine Erfrischung kann ich immer brauchen. Und wenn sie so leicht zu gewinnen ist, möchte ich sie sofort genießen." Er streckt die Zunge heraus, erhascht ein Tröpfchen. „Du hast nicht zu viel versprochen." Er wendet den Kopf Golo zu. „Das solltest du kosten."

Golo fängt mit der Zunge ein Tröpfchen ein. „Das ist unvermindert einer der Momente, wo mich das Glücksgefühl überkommt."

Die Frau lehnt sich an seine Schulter. „Zuhause habe ich einen Glückstee. Den würde ich euch gern anbieten."

Nicks Augen leuchten. „Dafür folgen wir dir überallhin." Er schlägt mit ihr einen Serpentinenweg ein, der sich vom Gießbach weg durch die Felsen schlängelt. „Ich bin mächtig gespannt, wie der Tee schmeckt, wie er wirkt."

Sie blickt, während er redet, an ihm vorbei zu Golo: „Der Weg ist nicht weit."

- „Ich möchte mir zuerst die Wasserfälle ansehen", erwidert er.

Nick erklärt ihr: „Golo ist ein großer Naturfreund. Ihn begeistern Blumen, Bäche und Schmetterlinge."

- „Mein Tee ist voll kleiner Thymianblüten. Vielleicht sollte ich ihm das sagen", überlegt sie.

„Ich würde ihm etwas Zeit lassen", schlägt Nick vor, „sicher hat er sich bald umgesehen. Und dann weiß er ja, welchen Weg wir eingeschlagen haben."

Die Sonne zeichnet einen Regenbogen in den Sprühnebel. Golo zählt die Farben, wandert um ein Wasserfallbecken herum.

Eine Frau teilt liebevoll die Zweige auseinander. „Möchtest du eine Briefmarke entwerfen?"

Golo legt die Hand auf die Brust. „Was müsste ich dafür tun?"

Sie zieht einen Malblock aus der Tasche. Auf dem obersten Blatt ist ein Viereck eingezeichnet. „Die Zeichnung, die du einfügst, erscheint auf der Marke. Damit kannst du viele Menschen, die Marken sammeln, begeistern. Aber auch Menschen, die einen Brief senden oder erhalten, wird sie erfreuen." Sie legt den Block auf eine Felsenplatte. „So kommt deine Zeichnung in die Welt."

Mit einer schwungvollen Schleife zeichnet Golo einen Tropfen ins Viereck. „Ich habe Spaß an der Bewegung."

Die Frau guckt neugierig. „Du bringst uns die Welt des Wassers näher."

Ein Mann tritt beschwingt ins Sonnenlicht hinaus, blinzelt und fragt: „Was macht ihr gerade?"

Sie deutet auf den Malblock. „Wir entwerfen eine Briefmarke."

Er reckt den Hals. „Ich wüsste so gern, wie Marken entstehen."

- „Begleite mich ins Atelier", fordert sie ihn auf, „du darfst Schritt für Schritt mitverfolgen, wie es geht." Sie schubst Golo sanft an. „Dich muss ich wohl gar nicht besonders einladen. Ich kann mir vorstellen, dass du aufs Höchste gespannt bist und es kaum erwarten kannst."

Golo entgegnet: „Mich fasziniert der Wasserlauf."

Sie hebt den Block auf. „Das sehe ich. Dein Tropfen sprüht vor Leben. Du wirst sehen, das Umsetzen wird den Eindruck noch verstärken."

Der Mann ist begeistert. „Und wenn die Marke dann fertig ist, können wir sagen, dass wir bei der Entstehung dabei waren."

- „Ich möchte aber noch am Gießbach verweilen", entscheidet Golo.

Sie lenkt ihre Schritte zum Bergweg. „Du kannst auch später dazustoßen."

- „Ich halte die Augen für dich offen", versichert der Mann, „dass ich dir bis ins kleinste Detail berichten kann, was mit deiner Zeichnung geschah."

Golo lauscht genau, hört das Wasser plätschern. Die Vögel zwitschern. In den Blättern wispert der Wind.

Eine Frau trippelt auf den Fußspitzen. „Ich habe einen Stein. Wenn ich darauf die Pizza backe, wird die Kruste knusprig. Du merkst sofort den Unterschied und wirst diese Pizza nie mehr vergessen."

- „Das muss ein besonderer Stein sein", anerkennt Golo.

„Bestimmt hast du Hunger. Ich werde dir den Stein gleich vorführen."

Ein Mann umrundet ein großes Felsenbecken. „Ist es ein Pizzastein, worüber ihr euch unterhält?"

Das bestätigt die Frau freudig. „Möchtest du eine Pizza? Du bist auch eingeladen."

Er schließt sich ihr an. „Ich bin begeistert von allem, was auf dem Stein gebacken wird."

- „Dann bist du bei mir genau richtig", versichert sie, bleibt stehen, gibt Golo einen Wink. „Kommst du gleich mit? Oder möchtest du dich noch etwas umsehen?"

- „Die Wasserfälle gefallen mir. Seit ich denken kann, bin ich von der Musik des Wassers fasziniert."

Sie heftet ihre Augen an sein Gesicht. „Lass dir Zeit! Es dauert eine Weile, bis ich alles vorbereitet habe." Dann macht sie sich mit dem Mann auf den Weg. „Welche ist deine Lieblingspizza?"

- „Ich kann mich nie entscheiden", bedauert er.

„Das macht fast gar nichts", beruhigt sie ihn, „ich zeige dir alle Zutaten."

Der Bach stürzt einen hohen Steilhang hinab. Golo folgt dem Weg, der den Felsen ausweicht und viele Bogen schlägt.

Über 2 Felsen hat eine Frau einen Bambusstab gelegt. Daran hängt ein sonnengelber Vorhang. „Mein Werk wird erst zur Kunst, wenn du ihn berührst, etwas damit anfängst."

In diesem Augenblick schiebt Nick den Vorhang zurück. „Ist mir die Überraschung gelungen?" Er tritt hervor. „Ich habe mir vorgestellt, welchen Weg du einschlagen könntest, habe offenbar alles richtig kombiniert."

- „Mit dir hätte ich wirklich nicht gerechnet", gibt Golo zu.

„Aus dem gleichen gelben Stoff habe ich eine begehbare Henkeltasche gemacht", berichtet die Frau.

„Da müssen wir unbedingt hineingehen", findet Nick und eilt gleich zur Felsenterrasse voraus, worauf die Riesentasche steht. Er tastet den Stoff ab. „Ich habe einen Einschlupf gefunden."

Die Frau streckt den Arm aus, sagt zu Golo: „Ich habe sie einer Einkaufstasche nachempfunden. Geh ruhig hinein!"

Da er zögert, geht sie voraus. „Wir finden alle 3 Platz darin."

Kaum ist sie Nick in die Tasche gefolgt, fliegt ein Blauwal über die Terrasse, öffnet das Maul, schnappt die Henkel und hebt mit der Tasche ab.

Nick winkt aus dem Einschlupf. „Wir fliegen! Was kannst du daraus lernen?"

Golo überlegt sich die Antwort. „Was ist es wohl, was ich daraus lernen könnte?"

Nick ruft ihm zu: „Handle sofort! Denke später."

Rehbilder

In der Wiese blühen Malven, Mohn, Hahnenfuß und Margerite. Heuschrecken zirpen.

Nick und Golo finden einen halb eingewachsenen Weg durch die Blumenwiese.

Eine Frau verlangsamt ihre Schritte. Sie trägt eine Fransenjacke unter dem Arm, sagt zu Golo: „Ich möchte sie gern gegen deine Jeansjacke tauschen."

Während er darüber nachdenkt, wie er sich zum Angebot verhalten will, prescht Nick vor: „Das ist die Gelegenheit! Wenn du jetzt nicht sofort zugreifst, wirst du nie in deinem Leben zu einer Original Fransenjacke kommen."

„Dein Freund hat sehr recht", bestätigt sie, „Jacken gibt es wie Sand am Meer. Doch diese ist einmalig. Wenn du sie anlegst, verwandeln sich deine Arme in Flügel."

- „Es gibt ein Bedenken", führt Golo aus, „ich hänge an meiner Jeansjacke und möchte sie nie hergeben."

„Manchmal muss man eben kleine Opfer bringen", versucht ihn Nick zu überzeugen.

Die Frau kehrt ihm das Gesicht zu. „Nimm du die Jacke! Lege sie an. Wir lassen die Zeit für uns arbeiten. Früher oder später kommt dein Freund zur Einsicht, dass es nichts Herrlicheres gibt, als damit durch die Welt zu streifen und die Herzen im Sturm zu erobern."

- „Ich bin gar nicht auf Eroberung aus", erklärt Golo. Nick schlüpft in die Fransenjacke, wedelt mit den Armen. „Du wirst beeindruckt sein."

Ein Mann winkt schon von Weitem zur Begrüßung. „Unglaublich! Du trägst eine Fransenjacke. Du solltest auf meiner Bretterbühne auftreten."

- „Als was?" erkundigt sich Nick.

„Du singst ein Lied oder 2", schlägt der Mann vor, „ich organisiere einen kleinen Chor für dich."

- „Wo ist die Bühne?" will die Frau wissen, „ich hätte allenfalls Interesse, im Chor aufzutreten."

Er erklärt: „Sie steht gleich dahinten am Waldrand. Es sind nur wenige Schritte zu gehen." Er eilt voraus. Die Frau und Nick folgen. Sie blickt zurück: „Kommst du nach?"

Golo fällt ein Schmetterling auf. „Ich möchte zuerst die Blumenwiese erkunden. Es sind auch Schmetterlinge da, die ich nie zuvor gesehen habe."

- „Komm einfach später nach", ruft der Mann, „sicher findet sich für dich auch noch ein kleiner Auftritt."

„Du bist ein Organisationstalent", lobt ihn die Frau.

In der vom Wind bewegten Wiese hört Golo die Vögel zwitschern und Grillen zirpen.

Eine Frau zeigt sich in Federboa und Tüllrock. „Ich würde gern in einem Chor auftreten und suche eine Bühne." Golo weist zum Waldrand. „Dort soll sich eine Bühne befinden."

Sie dankt für die Auskunft. „Mir gefällt deine Stimme. Möchtest du nicht mit mir singen?"

„Im Moment betrachte ich die Blumen und die Schmetterlinge", erwidert er.

Sie schlägt den Weg zum Waldrand ein. „Vielleicht kommst du etwas später nach."

Minzgeruch steigt von der Wiese auf. Golo findet sich inmitten wilder Pfefferminze. Der Flugschatten einer Antilope streift ihn. Sie hat große Flügel, die im Wind rauschen, landet etwas entfernt, zieht die Flügel ein. „Ich bin sehr scheu", sagt sie, „komme mir nicht zu nah. Du wirst mich nur kurze Zeit sehen. Dann fliege ich weiter."

Golo verharrt ruhig. „Ich danke dir fürs Vertrauen, dass du mir entgegenbringst."

Die Antilope äst, spreizt die Flügel, schlägt sie, fliegt auf. Er blickt ihr nach, bis sie als winziger Punkt im azurblauen Himmel verschwindet. Golo geht immer weiter in die Richtung, in welche sie geflogen ist.

In der Zwischenzeit steht Nick auf der Bretterbühne, singt „Imagine". Die Frau, die ihm die Fransenjacke geschenkt hat, und die Frau mit der Federboa begleiten ihn als Chor. Vor der Bühne steht der Mann, der Nick entdeckt hat. „Ich habe unglaubliches Glück", stellt er fest, „das Arrangement ist wie von selber entstanden." Als die Stimmen verklingen, klatscht er. „Ich wusste es! Ihr 3 gehört einfach zusammen. Es würde mich nicht wundern, wenn ihr eine Band gründet."

Nick gibt zu bedenken: „Ich mache nichts ohne meinen Freund Golo. So, wie ich ihn kenne, ist er eine ganze Strecke weiterspaziert. Ich muss ihn einholen."

- „Versuche ihn von der Bühne zu überzeugen", rät die Frau mit der Federboa, „sage ihm einfach, wie toll es ist, hier oben zu stehen."

Er springt von der Bühne. „Ich gebe mein Bestes. Versprechen kann ich nichts. Mein Freund ist sehr eigensinnig. Manchmal frage ich mich, wie es mir überhaupt gelang, seine Freundschaft zu gewinnen."

Ein Adler landet auf der Stange, an welcher der Vorhang hängt, der die Bühne vom Waldrand trennt. „Ich habe deinen Freund gesehen. Er läuft in die Richtung, in der die Antilope flog."

„Du hast recht", anerkennt die Frau, von der die Fransenjacke stammt, „dein Freund hat außerordentliche Bekanntschaften."

Golo gerät in eine Wiese voller Salbei, die sich vom blitzblauen Himmel abhebt. Schmetterlinge flattern. Er hört ihren Flügelschlag.

Unter einem Baum hat eine Frau eine glitzernde Hülse auf eine Bank gestellt. „Möchtest du sehen, was sich darin befindet?"

Golo tritt näher. „Vielleicht können wir sie auch einfach so stehen lassen", schlägt er vor.

Nick läuft freudestrahlend auf Golo zu. „Habe ich dich wieder gefunden!"

Sein Blick fällt auf die Hülse.

- „Was verbirgt sich darin?"

Die Frau fragt: „Möchtest du es herausfinden?"

„Das stelle ich mir einfach vor", sagt Nick, „ich hebe die Hülse auf und schaue nach, was sie verbirgt."

„Du bist wagemutig", lobt ihn die Frau.

„Sagen wir es so", erwidert er, „ich bin einfach sehr neugierig."

Er nimmt die Hülse von der Bank, ist überrascht. „Sie hat keinen Boden." Er späht hinein. „Sie ist leer."

Ein Mann strebt dem Baum zu. „Ich habe die Hülse von

Weitem glitzern gesehen."

Nick verrät: „Es ist nichts darin."

„Das gefällt mir", erklärt der Mann, „zuhause habe ich kleine Mengen von Farbpigmenten. Die ganze Zeit suche ich Gefäße. Die Hülse kommt mir von daher sehr gelegen. So fällt es mir leicht, mit der Ordnung zu beginnen."

Die Frau reibt sich die Hände. „Das freut mich. Wir kommen mit dir."

Nick übergibt ihm die Hülse. „Ich würde gern sehen, wie du sie auf- oder ausstellst."

Der Mann betrachtet sie von allen Seiten. „Ich habe gern Gäste. Bei der Gelegenheit zeige ich euch meine Pigmente."

Sie brechen auf. Erst, nachdem sie einige Schritte gegangen ist, fällt der Frau auf, dass Golo unter dem Baum zurückbleibt. „Willst du dich ausruhen?"

- „Ich möchte zuerst das Grasland in seiner ganzen Weite erkunden", antwortet er.

„Es eilt nicht", versichert der Mann, „komm, wann du Lust hast. Die Pigmente werden uns eine ganze Weile beschäftigen."

Ein leichter Wind weht durchs Gras. Es duftet nach Thymian.

Eine Frau tritt leise auf. Sie trägt einen silbernen Kessel.

„Möchtest du dich daraufstellen?" Sie stellt ihn mit der Öffnung nach unten auf den Boden. „Du siehst dann die Welt ein bisschen anders, von einem höheren Standpunkt aus, als wärst du über dich selbst hinausgewachsen."

Golo dreht das Handgelenk leicht nach außen. „Mein Standpunkt verändert sich laufend beim Spazieren. Das ist es, was ich beim Gehen schätze."

„Möchtest du nicht für einen kurzen Moment die Höhe ändern?"

Golo sagt: „Es gibt genug Berge am Weg, die bald einen Aufstieg, dann einen Abstieg ermöglichen."

Ein Mann beschleunigt seinen Gang. „Ich möchte ein bisschen höher sein. Darf ich mich auf den Kessel stellen?" Sie weist auf Golo. „Eigentlich ist der Platz für ihn reserviert." Sie wendet sich an ihn. „Du siehst, der Platz ist begehrt. Möchtest du nicht der Erste sein?"

Er meint: „Ganz ausschließen möchte ich das nicht. Aber im Moment fasziniert mich die Wiese mit ihren Blumen. Da bin ich lieber nah am Boden."

Die Frau fordert den Mann mit einem Wink auf: „Du darfst es ihm vorzeigen. Wie lange kannst du das Gleichgewicht halten?"

„Sehr lange", versichert er, „es ist einfacher, als auf einem Bein zu stehen." Er stellt sich auf den Kübel, breitete die Arme aus, als würde er fliegen. „Ich bin gern da oben."

- „Nun musst du eben warten", erklärt sie Golo.

Er erwidert: „Irgendwann steigt er schon wieder herab. In der Zwischenzeit sehe ich mir die Blumen und Schmetterlinge an."

Er folgt einem schmalen Wiesenpfad, der leicht aufsteigend, leicht sinkend über die wellenartig gereihten Hügel streicht. Eine Libelle tanzt. Bienen summen.

Eine Frau durchquert die Wiese. „Ich möchte am Bach Wasser schöpfen. Kannst du mir sagen, wo ich einen Kessel auftreiben kann?"

Golo kann ihr mit der Auskunft dienen: „Folge einfach

diesem Wiesenpfad. Dort triffst du eine Frau und einen Mann, der auf dem Kessel steht."

Die Frau wundert sich. „Was macht er dort oben?"

„Frage ihn selber", rät er.

„Steigt er herab, wenn ich ihm sage, dass ich den Kessel brauche?" forscht sie.

- „Das kann ich nicht wissen", gesteht Golo, „aber es ist sicher eine Frage wert."

Eilends entfernt sie sich in der angezeigten Richtung, während Golo ruhig weitergeht. Disteln und Kornblumen blühen. Lerchen und Schwalben fliegen darüber.

Ein Mann eilt mit federnden Schritten. Er trägt eine Holzkugel. „Ich würde sie gern in einem Kessel rollen hören. Ich habe gehört, dass man damit eine Palette von Geräuschen erzeugen kann, die an einen Donner, aber auch ans Murmeln eines Bachs erinnert. Die Idee habe ich, die Kugel auch. Eigentlich fehlt mir nur der Kessel."

Golo beschreibt ihm kurz, wo er die Frau mit dem Kessel getroffen hat. „Allerdings ist das Interesse daran groß. Ein Mann möchte darauf stehen. Eine Frau würde ihn gern mit Wasser füllen."

Der Mann dankt, läuft eilends weiter. „Das ist alles eine Frage der Reihenfolge. Dann kommen alle zum Zuge."

In der Wildblumenwiese sieht Golo Natternkopf und Kamille. Einen süßlichen Duft verströmen Schafgarben. Alle Blumen sind von den Schmetterlingen gut besucht.

Eine Frau biegt auf den kleinen Pfad ein. Sie trägt eine Tasche. Darin sind Aufkleber von Rehen. „Wenn du das rückseitige Deckblatt abziehst, haften sie auf allen Unterlagen."

Golo hebt abwehrend die Hände. „Im Moment habe ich nichts zum Bekleben. Die Blumen leuchten auch ohne Abziehbilder."

Sie gibt ihm die Tasche. „Das ist doch klar. Vielleicht bittet dich plötzlich jemand darum. Dann stehst du nicht mit leeren Händen da."

Bevor er etwas dagegen einwenden kann, entfernt sie sich schnell. Er geht ruhig weiter.

Mitten im Weg steht ein Tisch. Der Mann, der auf einem Stuhl daran sitzt, springt auf, sagt: „Ich möchte Stuhl und Tisch mit Rehbildern bekleben. Hast du eine Idee, wo ich welche bekomme?"

Der Schachtelhut

Nick und Golo nähern sich einem Bach. Das Plätschern dringt in die Ohren.

„Die meisten Menschen", sagt Nick, „stehen selten oder nie auf der Bühne. Wenn sich dann plötzlich ein Auftritt ergibt, ergreift sie möglicherweise das Lampenfieber. Darum schlage ich dir vor: Nutze jede Gelegenheit, die sich bietet. Das gibt Übung und verleiht dir Schwung."

- „Das könnte sein", anerkennt Golo.

Eine Frau stellt sich ein. Sie bringt einen orangen Hut mit. „Wer ihn trägt, sieht gleich ein wenig anders aus. Es ist, als würde ein warmer Schein den Kopf umgeben." Nick rät Golo: „Seit ich dich kenne, trägst du den federweißen Filzhut. Du könntest ihn gegen den orangen eintauschen. Er würde dir gut stehen."

Golo hält den Kopf schräg. „Wie steht es mit euch? Ihr trägt beide keinen Hut. Wollt ihr ihn nicht anprobieren?"

„Was mich betrifft", gesteht sie, „ich biete lieber etwas an, als dass ich es selber trage."

Nick nimmt den Hut. „Ich könnte ihn ja einmal probehalber anziehen." Er setzt ihn auf, schneidet eine Grimasse. „Wie sehe ich aus?"

- „Gut", lobt sie. Ihr Kopf fährt zu Golo herum. „Jetzt wissen wir immer noch nicht, wie er auf deinem Kopf aussehen würde."

Auf seinen Lippen liegt ein Lächeln. „Vorderhand trägt ihn

Nick. Er ist bei ihm gut aufgehoben."

Die Frau verabschiedet sich. „Vielleicht finde ich einen Hut, dem du nicht widerstehen kannst. Dann melde ich mich wieder."

Nick blickt ihr nach. „Sie ist eine freundliche Frau. Der Hut, den sie uns schenkte, gibt mir ein gutes Gefühl."

Das Wasser des Bachs fließt türkisgrün durch eine Wiese, rieselt über das kiesige Ufer.

Ein Mann erscheint. Er hat einen orangen Schal anzubieten. „Wer ihn trägt, richtet sich augenblicks kerzengerade auf. Das hängt mit der positiven Ausstrahlung zusammen."

Nick ergreift den Schal, will ihn Golo um den Hals legen. Doch der lehnt entschieden ab: „Ich trage bereits einen Wollschal, kann unmöglich 2 aushalten. Da käme ich ins Schwitzen."

Das leuchtet dem Mann sofort ein. „Du könntest deinen Wollschal verschenken und eine neue Erfahrung gewinnen."

„Im Moment", betont Golo, „steht mir der Sinn nicht so sehr nach etwas Neuem. Doch das kann sich stündlich, täglich ändern. Ich würde dann von mir aus etwas unternehmen."

Nick legt ihn selber an, richtet sich auf. „Es stimmt wirklich." Er streckt sich durch. „Das helle Orange schenkt mir neue Energie." Von einem Fuß tritt er auf den anderen. „Ich könnte an einem Wettlauf teilnehmen."

„Ich weiß etwas Besseres", empfiehlt der Mann, „in der Nähe gibt es eine Steinbruchbühne. Dort wird das Aprikosenprinzenpärchen gekürt und gefeiert. Zu finden ist sie ganz leicht. Wir folgen einfach dem Wiesenweg."

Vor einem Waldstück treffen sie eine Frau. Sie trägt ein oranges Kleid. „Jetzt weiß ich auch schon, wer mein Aprikosenprinz ist." Sie schaut Nick an. „Das bist du."

„Hat das in irgendeiner Weise mit meinem Hut und Schal zu tun?" erkundigt er sich.

„Durchaus", bestätigt sie, „ich wähle dich, weil du dich orange geschmückt hast."

Sie läuft in den Steinbruch hinein. Die Bühne ist aus rohen Brettern gezimmert. Ihr einziger Schmuck ist ein oranger Vorhang, der zugleich den Hintergrund bildet. An der Vorhangstange hängt das Wort „Dream" in Holzbuchstaben. Die Frau trippelt die Treppe hoch, winkt Nick. „Du bist willkommen."

Beim Hinaufsteigen überspringt er immer 2 Stufen. „Was muss ich als Nächstes tun?"

„Stell dich neben mich", fordert sie ihn auf, „du bist jetzt der Aprikosenprinz."

Er zieht den Hut, verneigt sich. „Bist du die Aprikosenprinzessin?"

Sie dreht sich einmal um die eigene Achse. „In Person! Wir sind jetzt ein Pärchen."

Der Mann klatscht. „Ihr passt zusammen. Und alles gelingt gut, weil ich den Schal gebracht habe."

„Wenn du ihn beigesteuert hast, darfst du auch auf die Bühne kommen", bestimmt sie.

Stolz steigt er hinauf. „Von diesem Moment habe ich immer geträumt."

Nick kreist mit dem Zeigefinger um die Daumenspitze.

„Wird etwas Bestimmtes von mir erwartet?"

„Natürlich", sagt sie, „sobald uns jemand eine Aprikose

bringt, schneiden wir sie in 2 genau gleiche Teile und essen sie."

- „Und was geschieht mit dem Stein?" will er wissen.

„Den pflanzen wir am Rand des Wäldchens in die Erde." Während sie sich auf der Bühne beraten, verlässt Golo den Steinbruch, sieht sich nach einem Weg um. Die Sonne glänzt. Ein Flaum von filigranen Gräsern schimmert. Über die Wiese fliegt eine Ente, zieht einen weiten Bogen, landet neben Golo. „Hast du einen Fuchs gesehen?" Golo blickt sich um. „Bisher nicht."

Die Ente watschelt um ihn herum. „Vielleicht hilfst du mir, ihn zu finden."

- „Was hast du vor?" wundert er sich.

Die Ente reckt den Schnabel. „Ich möchte tanzen."

„Das ist ein besonderes Paar", staunt er, „eine Ente, die mit einem Fuchs tanzt."

In der Hecke raschelt und knackt es. Ein Fuchs springt heraus. „Darf ich dich um einen Tanz bitten?"

Die Ente ziert sich. „Ich weiß noch gar nicht, ob ich Lust habe."

Er stellt sich auf die Hinterbeine. „Die Lust kommt beim Tanzen. Hörst du den Wind in den Bäumen, in den Gräsern? Er spielt für uns auf. Das ist unsere Musik."

Die Ente tut dergleichen, als hätte sie sich überreden lassen, reicht ihm einen Flügel. Mit wiegenden Bewegungen aus den Beinen heraus drehen sie sich im Kreis, vertiefen sich so sehr in den Tanz, dass ihnen nicht auffällt, wie sich Golo leise zurückzieht und sie ihrer Freude überlässt.

Vor dem Eingang in den Wald stehen 3 große, alte Briefkästen. Eine Frau geht geradewegs auf Golo zu. „Öffne den ersten Kasten", rät sie, „es ist etwas darin, das dir sicher gefällt."

Er macht das Türchen auf. Im Kasten steht eine Vase mit Ringelblumen. Golo nimmt sie heraus. Der Duft lockt einen Gitarristen an. Er legt den Gitarrenkoffer auf eine Felsenplatte. „Schenkst du mir die Blumen?"

Golo blickt die Frau an. „Wem gehören sie?"

„Dir", sagt sie, „du hast den Briefkasten geöffnet, darfst sie behalten oder weitergeben, wie es dir beliebt."

Er überreicht dem Gitarristen die Vase, der sie neben dem Koffer auf die Felsenplatte stellt. Er beugt den Kopf, riecht an den Blüten. „Ich habe eine Leidenschaft: Ringelblumen."

Die Frau wendet sich an Golo: „Möchtest du sehen, was im zweiten Kasten ist?"

„Wenn es Blumen sind, darf ich sie nicht zu lang im Dunkeln stehen lassen", meint er, guckt hinein, holt eine Vase mit Sommerastern heraus.

Kaum haben sie angefangen, ihren Duft zu verströmen, findet sich eine Klarinettistin ein. „Sommerastern sind meine Lieblingsblumen. Woher hast du das gewusst?"

Golo gesteht: „Ich habe einfach den Kasten aufgetan." Sie legt ihre Klarinette neben den Gitarrenkoffer, bittet: „Darf ich sie haben?"

Golo übergibt ihr die Vase mit den Worten: „Dann wirst du gewiss gut für sie schauen."

Die Klarinettistin steckt die Nase in eine Blüte. „Ich führe Tagebuch. Heute werde ich eintragen: Ein Mann schenkte mir Sommerastern."

- „Eigentlich", betont Golo, „habe ich sie nur dem Kasten

entnommen."

„Sei nicht allzu bescheiden", bittet sie, „du hast mir eine große Freude gemacht."

Die Frau ermuntert ihn: „Wie wäre es, wenn du in den dritten Kasten schaust?"

Das tut Golo unverzüglich. Eine Vase mit Sommernelken kommt zum Vorschein. Als Golo sie aus dem Kasten hebt, gleitet leicht und tänzerisch eine Akkordeonspielerin über die Wiese. „Wenn ich Sommernelken rieche, kann ich kaum widerstehen."

Sie reiht das Akkordeon bei den anderen Instrumenten ein, lässt sich von Golo die Vase geben. „Immer schon faszinierte mich der Zauber der Nelken."

In diesem Moment treffen Nick und die Aprikosenprinzessin ein. Sie führen eine Schar von Menschen an, die alle ein oranges Kleidungsstück tragen, sei es ein T-Shirt, Schuhe, Hosen oder ein Haarband.

„Du kannst Gedanken lesen", lobt Nick, „wir sind ausgeschwärmt, suchten eine Band, die zum Tanz aufspielen könnte. Du hast sie bereits für uns versammelt."

Der Gitarrist klappt den Koffer auf, stimmt die Gitarre.

„Es hat seine ganz eigene Magie, zum Tanz aufzuspielen." Die Klarinettistin spielt eine Tonleiter hinauf, rasend schnell und mit Trillern hinunter. „Ich empfinde eine Art Vorfreude, wenn ich all die Menschen sehe, die sich gleich zu unserer Musik bewegen werden."

Die Akkordeonspielerin zieht den Balg aus, verständigt sich mit ihr und dem Gitarristen mit Blicken. Dann beginnt sie zu spielen. „Es ist eine einmalige Gelegenheit."

Die Gesellschaft der orange Gekleideten bildet Paare.

Nick verneigt sich: „Darf ich dich um einen Tanz bitten?"
Die Aprikosenprinzessin macht eine Art Knicks. „Ich werde
nie vergessen, wem wir das alles zu verdanken haben." Sie
haucht Golo einen Kuss zu. „Ich wusste es, dass du etwas
für uns unternehmen würdest."

Er verdeutlicht: „Ich habe nur Blumen aus dem Briefkasten
genommen."

Die Klarinettistin und der Gitarrist stimmen ins Spiel der
Akkordeonspielerin ein. Die Paare beginnen zu tanzen.
Golo entdeckt einen schmalen Pfad, der waldein führt.
Die Musik bekommt im Wald einen leichten Hall und Wi-
derhall. Immer mehr Vogelstimmen mischen sich in den
Klang, je tiefer Golo in den Wald eindringt.

Eine Frau tritt aus dem Schatten heraus. Sie trägt einen
schachtelartigen, kobaltblauen Hut. „Möchtest du ihn
einmal tragen? Er sieht unbequem aus, trägt sich jedoch
ganz leicht."

Golo streicht sich über den Ellbogen. „Mir gefällt mein
Hut. Ich möchte ihn lieber nicht tauschen."

Sie nimmt ihn vom Kopf. „Willst du ihn einmal in die Hand
nehmen? Er ist ganz leicht."

Da Golo nicht sofort entschieden ablehnt, drückt sie ihm
den Hut in die Hand, läuft schnell weg. Er will ihn gerade
auf einer Felsenplatte abstellen, als ein Mann herbeirennt.
Er trägt eine bananengelbe Schachtel auf dem Kopf. Sie
scheint ein wenig größer als der kobaltblaue Hut zu sein.

„Wollen wir wetten, dass deine Schachtel genau in meine
gelbe passt?" fragt er. Ohne die Antwort abzuwarten,
nimmt er ihm die blaue ab, schiebt sie in die gelbe
Schachtel.

„Du kannst mir danken. Jetzt hast du einen gelben Hut."
Golo steckt seine Hände in die Hosentaschen. „Der blaue
gehört gar nicht mir."

Mit übertriebener Vorsicht, als würde sie zerbrechlich sein,
stellt der Mann die Schachtel auf die Felsenplatte. „Man
könnte sie auch als Kunstwerk betrachten." So schnell wie
er gekommen ist, verschwindet er im Unterholz.

Golo wiegt sich vom Fersenstand zum Zehenstand. „Was
fange ich mit den Schachteln an? Im Wald kann ich sie
nicht gut liegen lassen."

Eine Frau tänzelt um die Felsenplatte herum. Sie hat eine
bambusgrüne Schachtel aufgesetzt. „Wenn mich nicht
alles täuscht", vermutet sie, „passen deine Schachteln genau in meinen Hut."

Feld 1

Bei einem Pass öffnet sich das Gelände zu einem weiten Hochplateau. Nick und Golo spazieren durchs hohe Steppengras, begegnen einem Hund mit Giraffenfell. „Kennt ihr einen Ort, wo ich nicht weiter auffalle?" fragt er.

Nick mustert ihn. „Auffallen ist doch interessant", behauptet er, „da sehen dich viele Lebewesen an. Ohne dass du dich auf die Hinterbeine stellen oder laut bellen musst, gibt dir das Fell ein Ansehen und macht dich bedeutsam." Der Hund lässt den Schwanz sinken.

Golo blickt Nick von der Seite an. „Ich fürchte, du hast ihn nicht verstanden." Er wendet sich an den Hund. „Möchtest du ganz unauffällig sein? Sehe ich das richtig?"

Der Hund schmiegt sich an sein Bein. „Genau das ist mein Traum."

Nick empfiehlt: „Komme einfach mit uns! Manchmal liegt das Glück so nahe, dass man fast darüber stolpert, weil man unausgesetzt in die Weite guckt."

Die Halme wiegen sich in der Sonne. Nick läuft voraus. Der Hund geht an Golos Seite. Eine Giraffenherde kommt in Sicht.

„Hoffentlich verscheuchen wir sie nicht", wünscht Golo. Die Giraffen recken die Hälse. Neugierig kommt eine Giraffe näher, senkt den Kopf, sagt zum Hund: „Erst hielt ich dich für ein Jungtier. Nun sehe ich, dass du ein Schäferhund bist."

- „Falle ich auf?" vergewissert er sich.

„Keineswegs", beteuert die Giraffe, „meine Herde beschützt dich. Zugegeben, du hast einen etwas kurzen Hals. Doch das muss kein Nachteil sein."

Nick will wissen: „Fühlst du dich hier wohl?"

„Ich werde hierbleiben", beschließt der Schäferhund. Die Giraffen meinen es gut mit mir. Eine bessere Gesellschaft könnte ich mir nicht wünschen."

Golo kann beobachten, dass sich auch die anderen Giraffen um den Schäferhund kümmern. Sie nehmen ihn in ihre Mitte. Er gibt Nick ein Zeichen zum Aufbruch. „Ich würde mich gern auf dem Berg umsehen. Kommst du mit?"

Nick folgt ihm, nicht ohne immer wieder zurückzublicken. „Vielleicht hätten sie uns auch in die Herde aufgenommen, wenn wir etwas länger geblieben wären."

- „Du kannst jederzeit umkehren", sagt Golo, „ich finde, dass wir gut für den Schäferhund gesorgt haben."

Der Berg scheint fast die Wolke zu berühren. Golo sieht zu, wie der Schatten eines Vogels über seine Flanke zieht. Eine Frau kommt näher. Sie trägt einen Korb. Darin ist ein Messer und eine Brotscheibe. „Wem darf ich den Korb schenken?"

Nick wirft einen Blick hinein. „Ich nehme ihn gern. Die Scheibe sieht knusprig aus."

„Wenn ihr plötzlich Hunger habt, seid ihr gut versorgt", meint sie und geht eilends weiter.

Er blickt ihr nach. „Schade, dass sie nicht länger bei uns blieb. Gerne wäre ich ein Stück weit mit ihr gegangen."

Ein blauer Schimmer liegt über dem Land. In kleinen Bögen schwingt sich der Weg zu einem See hinunter, wo ein Mann steht und seine Butter anpreist. „Sie lässt sich sehr gut streichen." Er stellt einen Teller mit einem Butterbällchen auf eine Felsenplatte. „Wollt ihr sie probieren? Habt ihr Brot und ein Messer?"

Nick platziert den Korb neben den Teller. „Wir sind gut ausgerüstet."

Golo tritt ans Ufer, betrachtet den Wind, der die Wasseroberfläche bewegt. „Es entstehen feine Linien, die sich wie eine Schrift aneinanderreihen."

Nick streicht die Butter aufs Brot. Die Zacken des Messers zeichnen Rillen. Er ruft: „Sieh erst einmal, was auf meinem Brot entsteht! Ich könnte nichts Besseres mit dem Pinsel malen." Er legt das Messer ab, beißt herzhaft ins Butterbrot.

„Worin besteht das Geheimnis dieser Butter?"

„Sie ist frisch aus dem Rahm hergestellt", erklärt der Mann, „ich mache die Butter immer selber."

- „Ist das schwierig?" erkundigt sich Nick, „kannst du uns zeigen, wie das geht?"

„Natürlich", versichert der Mann, „ich halte immer Rahm bereit, um meinen Gästen zu zeigen, wie es gelingt. Einige Gäste wollen den Rahm selber schütteln oder gar das Butterfass drehen. Alles ist möglich. Ich richte mich ganz nach euren Wünschen."

Nick begleitet den Mann zu seinem Haus, das weich in die Linien des Hangs gebettet ist. Darum herum weiden Kühe. „Auch die Milch ist ganz frisch", betont der Mann. Nick dreht sich nach Golo um. „Kommst du? Das wird ein kleines Ereignis."

„Fangt schon einmal an", empfiehlt er, „ich möchte zunächst die Umgebung des Sees erkunden."

Golo betrachtet den schillernden Seespiegel. Er hört das Flüstern des Wassers.

Eine Frau häkelt am Ufer eine kornblumenblaue Decke.

„Bald ist sie fertig. Du wirst dich darunter sehr wohl fühlen. Setze dich doch zu mir. Genieße die Aussicht auf den See."

Golo dankt für das Angebot. „Bevor ich mich ausruhe, möchte ich herausfinden, was es rund um den See zu entdecken gibt."

Ein Mann schreitet behutsam. „Ich suche überall eine Decke." Die Frau weist auf ihre Häkelarbeit. „Wie findest du sie?" Er tritt näher. „Genau so habe ich sie mir vorgestellt." Sie fordert ihn auf: „Berühre das Garn. Lass es einmal durch deine Hand gleiten."

Der Mann setzt sich zu ihr, lässt das Garn durch seine Finger streifen. „Es fühlt sich sehr weich an."

Unbemerkt zieht sich Golo zurück, spaziert weiter. Ein Windhauch kräuselt das Wasser. Er sieht den Zitronenfaltern zu, wie sie über den grünblauen See fliegen. Auf einer langen Tafel des Felsufers hat eine Frau eine Papierbahn ausgespannt. „Ist es nicht fast schade, dass deine Spuren immer wieder verschwinden?"

Golo blickt sich um. „Eigentlich hinterlasse ich selten Spuren."

„Siehst du", sagt sie, „wenn du durchs Wasser watest, dann über die Felsenplatte gehst, kannst du direkt zuschauen, wie sich deine Spuren auflösen. Sie halten sich nur wenige Minuten, werden durchsichtig und sind vielleicht beim zweiten Hinschauen schon verschwunden."

„Wasserspuren auf warmem Stein bleiben nicht lange",

gibt Golo zu.

Sie weist auf die Papierbahn. „Ich habe etwas vorbereitet, um deine Spur zu erhalten."

Sie taucht einen Pinsel in den Farbeimer. „Wenn du einverstanden bist, male ich dir die Fußsohlen an. Dann gehst du übers Papier, und wir gewinnen eine dauerhafte."

- „Möchtest du nicht deine eigene erhalten?" fragt Golo.

„Ich möchte eben eine Spur aufzeichnen, die ich noch nicht kenne, die mir Rätsel aufgibt, bei der ich beim ersten Schritt noch nicht weiß, wie sich der darauffolgende gestaltet."

Sie rührt mit dem Pinsel die floridablaue Farbe um. „Zieh die Sandalen aus und mache dir keine Sorgen. Es ist eine Naturfarbe, die sich im Wasser auflöst. Wenn sie hingegen auf dem Papier trocknet, bleibt sie lichtecht."

Ein Mann sputet sich, springt auf den langen Felsen.

„Entsteht hier ein Kunstwerk? Darf ich dabei sein?"

„Du kannst sogar mitwirken", bietet sie ihm an, „alles, was du tun musst, ist ganz einfach. Du legst die Schuhe und Socken ab. Ich trage Farbe auf deine Fußsohlen auf. Dann schreitest du über die Papierbahn und drückst ihr die Spuren auf."

Er freut sich. „Das gefällt mir. Überall, wo Kunst entsteht, gewinnt das Leben Bedeutung. Hier darf ich sogar mitwirken." Er setzt sich, entledigt sich rasch der Schuhe und Socken, räkelt sich, streckt die Beine aus. „Von mir aus kann es losgehen."

Sorgfältig malt sie seine Fußsohlen an, wirft einen Seitenblick auf Golo. „Machst du dich auch bereit?"

„Ich schaue lieber zu", antwortet er.

Der Mann prägt dem Papier seine Fußabdrücke auf. „Wie viele Schritte kann ich gehen, bevor die Farbe versiegt?"
- „Gehe über die ganze Bahn. Wir zeichnen auch das Verblassen auf. Es gehört dazu", ordnet sie an. Immer wieder von Neuem bemalt sie seine Fußsohlen. Nach und nach bedecken die Abdrücke die ganze Papierbahn.

Hinter dem langen Felsen schließt sich ein Waldstück an. Golo sieht einen schmalen Pfad, der sich um die Stämme schlängelt. Als die Frau sein Weggehen bemerkt, ruft sie ihm nach: „Ich könnte eine neue Papierbahn für dich ausspannen."

Der Mann fügt bei: „Es macht Spaß, die Schritte aufzuzeichnen."

Golo hebt die Hand, winkt und sagt: „Zunächst sehe ich den Wald an."

Die Frau schaut nach, welchen Weg er wählt. „Komm doch danach zu uns zurück! Es ist nie zu spät, eine neue Spur zu legen."

Eine mächtige Eiche ragt auf. Knorrig wachsen die Wurzeln in den Waldpfad. Ein Specht klopft. Die Schläge erzeugen einen weiten Hall und ein Echo.

Eine Frau steigt über die Wurzeln. Sie hat eine große Kreide in der Hand. „Viele Menschen stehen vor einer Wand und fragen sich, womit sie etwas malen könnten. Diese Kreide ist wie geschaffen für Wandzeichnungen. Auch wenn du vorhast, etwas auf den Boden zu zeichnen, kann ich sie dir wärmstens empfehlen."

- „Vielleicht treffe ich jemanden, der so etwas in der Art braucht", überlegt Golo, „dann könnte ich sie ihm weitergeben."

- „So ist es gedacht", pflichtet ihm die Frau bei, „du er-
hältst ein Geschenk und eh du dich versiehst, findet sich
eine Gelegenheit zum Weiterschenken. Du musst nur die
Augen und Ohren offenhalten." Mit diesen Worten übergibt sie ihm die Kreide und huscht davon, bevor sich Golo
richtig bedanken kann.

Er geht ein paar Schritte auf dem weichen Waldboden
weiter, ist neugierig, wohin der Weg ihn führt.

Ein Mann stellt sich breitbeinig zwischen 2 Stämme.

„Hast du schon eine Idee, was du mit der Kreide anfangen
könntest?"

Golo zeigt sie ihm. „Ich habe sie eben erst bekommen
und noch gar nicht ausprobiert."

„Ich hätte eine Idee", erwidert der Mann, „sie lässt sich leider nicht im Wald ausführen. Sonst könntest du sie gleich
umsetzen. Kommst du hingegen zu einem offenen Platz,
so rate ich dir, ein Hüpfspiel zu zeichnen. Hüpfen macht
Spaß. Du lernst dabei neue Menschen kennen, die sich
auch dafür begeistern können. Das ist nur ein Vor- schlag.
Denke darüber nach und wenn du ihn gut findest, zögere
nicht, ihn sofort zu verwirklichen."

- „Du verstehst viel vom Hüpfen", anerkennt Golo, „es wird
wohl das Beste sein, wenn ich dir die Kreide schenke." Er
bietet sie ihm an.

Der Mann läuft eilends weiter. „Wie käme ich dazu? Ich
gebe gerne Ideen und Anregungen weiter. Sie selber aus-
zuführen, liegt mir weniger."

Am Ausgang des Waldes gerät Golo auf einen ausge-
dehnten, hellen Platz.

Eine Frau tanzt trippelnd darüber, betrachtet die Kreide

in seiner Hand. „Bist du gekommen, um ein Hüpfspiel zu zeichnen?"

- „Wie sieht es aus?" erkundigt er sich.

Sie nimmt ihm die Kreide aus der Hand, malt eine Reihe Quadrate auf den Platz. Einige Quadrate stehen für sich, andere erhalten benachbarte. Alle bekommen eine Nummer. Sie sucht am Rand des Platzes einen Stein, findet einen runden, quarzweißen, wirft ihn auf Feld 1. „Es kann losgehen."

Das Rennhaus

Eine Reihe hoher Felsen schließt sich an die Bergkuppe, erhebt sich über den Wald. Nick und Golo wandern auf einem verschlungenen Pfad.

Eine Frau kommt auf sie zu, kramt einen Fugenkratzer aus ihrer Tasche hervor. Er besteht aus einem hölzernen Griff und einem gewinkelten Eisen, das in einer Spitze mündet. „Ich würde ihn gern verschenken. Wer möchte ihn haben?" Nick streckt die Hand aus. „Ich nehme ihn."

Golo wundert sich. „Wozu brauchst du einen Fugenkratzer?"

Nick antwortet: „Das weiß ich jetzt nicht, aber vielleicht geraten wir plötzlich in eine Situation, wo er sich als nützlich erweist."

Sie lobt ihn: „Du hast die richtige Einstellung. Jedes Werkzeug, und sei es auch noch so klein, findet irgendwann Verwendung."

Damit verabschiedet sie sich und verschwindet zwischen den Felsen.

„Es stört dich doch nicht, wenn ich einen Fugenkratzer habe?" vergewissert sich Nick.

- „Ich war nur neugierig", erwidert Golo, „ich dachte, du hättest etwas Bestimmtes vor."

Nick sagt augenzwinkernd. „Du kennst mich. Ich kann nichts für mich behalten. Wenn ich eine Idee habe, teile ich sie augenblicks mit. Was den Fugenkratzer betrifft, so bin ich fast sicher, dass ich ihn bald brauchen kann."

Ein Mann strebt dem Bergrücken zu. Er bringt einen Schaber. Dreieckförmig ragt der spachtelförmige Metallteil aus dem hölzernen Griff, ist vorne wie eine Klinge geschliffen. „Du hast noch kein Werkzeug", wendet er sich an Golo, „darf ich dir den Schaber schenken?"

Golo schiebt die Hand in den Hosensack. „Was sollte ich damit anfangen?"

Nick mischt sich ins Gespräch. „Gib ihn mir!" Er nimmt den Schaber in die linke Hand. „Welche Arbeit sich auch immer aufdrängt, ich bin gewappnet."

Der Mann lacht. „Danach sieht es aus." Weiter hat er nichts beizufügen. Stattdessen biegt er auf den Bergweg ein, entschwindet hinter einem Felsen den Blicken.

Nick hält ein ums andere Mal die linke, dann die rechte Hand hoch. „Das sind praktische Werkzeuge." Die Metallteile blinken an der Sonne.

Der Pfad führt aus dem Wald heraus auf eine Bergwiese, wo eine Frau eine Spanplatte auf eine Staffelei gestellt hat. Daneben steht ein Eimer mit kurkumagelber Farbe. Der Pinsel liegt bereit. Ihre Augen hellen sich auf, als sie die Werkzeuge in Nicks Händen sieht. „Das ist doch einmal etwas anderes, als sich nur mit dem Pinsel zu beschäftigen!" Sie erläutert ihren Plan, schaut Golo an. „Du malst etwas, es kann ein Zeichen, eine Figur oder ganz einfach ein Strich sein. Dann gehst du um die Platte herum." Sie blickt Nick an. „Welches Werkzeug hast du lieber, den Fugenkratzer oder den Schaber?"

Er reicht ihr den Schaber. „Wenn ich mich entscheiden muss, behalte ich den Kratzer. Er liegt mir besser in der

Hand."

„Ist gut", sagt sie, stellt sich hinter ihm an.

„Willst du nicht selber malen?" erkundigt sich Golo.

Sie deutet auf den Schaber. „Ich habe bereits ein anderes Werkzeug. Der Pinsel gehört dir."

Golo taucht ihn in die Farbe, malt ein Strichmännchen. Wie sie es vorgeschlagen hat, geht er um die Platte herum. „Soll ich etwas hinzufügen?"

„Später", entscheidet sie, weist Nick an: „Zerkratze die Zeichnung!"

- „Darf ich?" fragt er.

Golo winkelt den Ellbogen ab. „Ich habe nichts dagegen." Übervorsichtig und äußerst zurückhaltend zerkratzt Nick den Farbauftrag. „Es entsteht ein ganz neues Bild."

- „Genau das wollen wir", bestimmt sie, fährt mit dem Schaber über das zerkratzte Bild, streicht eine ganz neue Farbenspur aus. Sie stellt sich neben Golo. „Gefällt dir unsere erste Runde?"

„Die Zeichnung ist verändert", anerkennt er, „warum sprichst du von der ersten Runde?"

„Wir machen einen zweiten Durchgang,", schlägt sie vor, „du darfst ruhig etwas mehr Farbe auftragen."

Golo tunkt den Pinsel in den Eimer, dreht ihn mehrmals, trägt die Farbe etwas dicker auf. Diesmal malt er einen Bogen über die erste Farbenspur. „Reicht es aus oder soll ich mehr Farbe auftragen?"

„Alles ist richtig", beruhigt sie ihn, „bei diesem Bild könnt ihr gar nichts falsch machen."

Nick tritt mit dem Kratzer an. Mit wilden Bewegungen greift er den Bogen an, bis er wie das Stachelkleid eines

Igels aussieht. „Ich könnte stundenlang kratzen, habe gar nicht geahnt, wie viel Spaß es macht."

Mit dem Schaber gestaltet sie die Spuren nochmals um, schiebt die Farbe wie ein Schneepflug vor sich her oder streicht sie aus. „Das ist der Moment, wo wir uns hinsetzen und das Bild betrachten sollten", findet sie, legt den Schaber auf die Kante der Staffelei und nimmt Golo den Pinsel ab. „Pausen sind fast so wichtig wie das Malen selber." Nick setzt sich auf eine Felsplatte. „Das leuchtende Gelb zieht mich magisch an."

Golos Blick schweift über die Bergwiese. „Während ihr das Bild anseht, erkunde ich die Umgebung."

Die Frau nimmt neben Nick Platz. „Du wirst staunen. Wenn du dich ein bisschen bewegt hast, siehst du das Bild mit ganz neuen Augen und gewinnst viele neue Ideen."

Golo gelangt auf einem schmalen Pfad tiefer in die Bergwiese hinein, entdeckt Kamille, Glockenblumen und Rotklee. Schwer mit Pollen beladen, brummt eine Hummel. Im Weg steht eine Badewanne voller Nussknacker. Sie füllen die Wanne bis zum Rand.

Ein Mann kommt schnellen Schrittes an. „Bewunderst du meine Sammlung?"

Golo stemmt die Hand in die Hüfte. „Nie habe ich einen anderen Menschen getroffen, der so viele Nussknacker gesammelt hat."

Der Mann neigt den Kopf. „Danke! Ich höre gern Komplimente. Weißt du, wo ich eine Nuss finden könnte?"

Ein Eichhörnchen huscht über den Wiesenhang. Es trägt eine Baumnuss im Maul, springt auf den Rand der Wanne. Um sprechen zu können, nimmt es die Nuss in die

Vorderpfoten. „Sie ist ein Geschenk für dich." Es legt sie an den Wannenrand, läuft zum nächsten Baum, der in der Wiese steht.

Der Mann dankt ihm mit lauter Stimme. „Ich könnte jauchzen vor Freude." Er legt die Nuss in den ersten Knacker, der ihm in die Hand fällt, öffnet sie. „Jahrelang habe ich auf diesen Moment gewartet. Jetzt ist er eingetroffen." Sorgfältig klaubt er den Kern aus der Schale. „Darf ich dir die Hälfte anbieten?"

Golo lehnte ab, empfiehlt: „Du solltest dir schon den ganzen Kern gönnen, wenn du so lange ohne Nuss gelebt hast." Der Mann schiebt ihn in den Mund, zerkaut ihn andächtig.

„Das ist die beste Nuss, die ich je gegessen habe." Er rennt zum Baum, ruft dem Eichhörnchen hinterher: „Kannst du mir verraten, wo du sie gefunden hast?"

Golo setzt seinen Erkundungsgang durch die Wiese fort. Das Gras zittert im Wind. Am bemoosten Hang wachsen Apfelbäume und Himbeerbüsche.

Eine Frau begegnet ihm. Sie trägt ein zartrosa Ballkleid und fragt: „Bist du schnell oder langsam unterwegs?

Golo erwidert ruhig: „Ich gehe Schritt für Schritt und mache mir nicht allzu große Gedanken um die Geschwindigkeit."

„Kann es denn nicht vorkommen", forscht sie weiter,

„dass dich hin und wieder die Vorstellung plagt, wenn ich etwas schneller gewesen wäre, hätte ich in derselben Zeit einen längeren Weg zurückgelegt?"

- „Ich finde das Unterwegssein spannender als irgendwelche Ziele", gesteht er.

„Es beschäftigt dich also nicht", schließt sie. Nach einer kurzen Pause guckt sie ihn von der Seite an. „Möchtest du meinen Namen wissen? Ich heiße Tita. Wie heißt du?"

- „Ich bin Golo", antwortet er.

„Wärst du jemand anderer, wenn du einen anderen Namen hättest?" nimmt sie wunder.

„Alle kommen anders daher, wenn sie anders benannt werden", vermutet er.

Ein Mann beschleunigt seine Schritte. Er ist in einen regenbogenbunten Anzug gekleidet und trägt eine knallrote Mütze. „Es ist einfach, euch einzuholen."

- „Wir haben soeben ein Gespräch angefangen. Das kann die Gangart doch etwas verzögern", erklärt sie.

Er hebt die Hände. „Ihr müsst euch nicht verteidigen. Auch ich frage mich zuweilen, ob ich vielleicht schneller vorankäme, wenn ich größere Schritte machen oder das Tempo steigern würde."

Unter diesem Gespräch geraten sie vor ein seltsames Gebäude. Es hat vorn einen gigantischen Trichter als Eingang und auf der Rückseite ein kleines Schlupfloch, wodurch man das Haus nur gebückt verlassen kann. Auf dem kuppelartigen Dach prangt ein Schild mit der Aufschrift „Rennhaus". Neben dem Trichter steht eine Frau in aufrechter Haltung. „Ich sah euch von Weitem kommen und habe mich gefragt, ob ihr euch mit dem gemächlichen Tempo wohlfühlt."

„Zufällig haben wir uns mit der gleichen Frage beschäftigt", berichtet Tita, „findest du, wir sollten etwas unternehmen?"

Die Frau schenkt ihr einen frohen, aufmunternden Blick.

„Das Wichtigste im Leben ist die Freiheit. Ihr seid ganz frei, müsst euch von niemandem die Gangart vorschreiben lassen. Warum solltet ihr nicht einmal einen Blick in mein Haus werfen? Eventuell entdeckt ihr genau die richtige Laufkleidung."

Der Mann tippt sich an die knallrote Mütze. „Ich weiß nicht, wie es euch geht, aber mich hat die Neugier gepackt." Mit diesen Worten läuft er in den Trichter.

Tita folgt ihm. „Laufkleider können auch bequem geschnitten sein."

„Du hast es erfasst", lobt sie die Frau. Sie bewegt sich tänzerisch um Golo herum. „Mein Haus steht dir offen. Warum zögerst du?"

„Ich halte mich gern im Freien auf, sehe zu, wie die Menschen hineingehen. Doch auch wie sie herauskommen, nimmt mich wunder."

Tita quetscht sich durchs rückseitige Schlupfloch. Sie trägt einen mausgrauen Trainingsanzug, Sportschuhe und Schirmmütze in derselben Farbe. „Es ist höchste Zeit fürs Einlaufen", findet sie, spurtet los.

Hinter ihr drückt sich der Mann durchs Loch, genau gleich wie Tita bekleidet. „Diese Schuhe sind federleicht. Ich gehe wie auf Wolken."

„Bisher bist du nur gegangen", sagt die Frau, „wichtig wäre zu erproben, wie du darin läufst."

Er rennt davon. „Das kann ich jetzt schon sagen." Er spurtet los. „Ich könnte es mit jeder Gazelle aufnehmen."

Die Frau wendet sich an Golo. „Du hast es mit eigenen Augen gesehen. Spielerisch leicht ereignete sich die Verwandlung." Sie weist mit der Hand auf den Trichter.

„Möchtest du nicht auch einen Versuch wagen?"

Er steckt seine Hände in die Tasche. „Das kann durchaus als Ermutigung verstanden werden."

Die Tonart der Biene

Am Ufer wachsen Weiden, lassen die Äste tief herabhängen. Die Grün- und Blautöne des Flusses gehen ineinander über. Nick und Golo finden einen Weg, der Ausblicke aufs Wasser und auf den Himmel gewährt.

„Von nun an", schlägt Nick vor, „sollten wir immer zusammenbleiben."

- „Es gibt verschiedene Situationen", gibt Golo zu bedenken, „manchmal ist es für dich wichtig, etwas näher zu betrachten, während ich gern die Umgebung erkunde."

Eine Frau betritt das Ufer. Sie hat ein Teddyfell und einen Nähkorb dabei. „Wem darf ich einen Fellkragen annähen?"

Nick weist auf Golos Jeansjacke. „Dieser Kragen würde dir besonders gut anstehen."

- „Das mag sein", räumt Golo ein, „aber um den Nacken herum würde mich ein doppelter Kragen eher stören."

Nick zieht seine Leinenjacke aus, legt sie auf eine Felsenplatte. „Wie sähe das Fell an meiner Jacke aus?"

Die Frau probiert es gleich aus, ordnet das Fell um den Kragen an. „Es ist wie für deine Jacke geschaffen."

- „Dauert es lange, bis du es angenäht hast?" will er wissen.

Sie setzt sich auf die Platte, öffnet den Korb. „Ihr werdet staunen, wie schnell ich vorankomme, wenn ich einmal begonnen habe."

Nick lässt sich neben ihr nieder. „Wir schauen dir gerne zu.

Dabei können wir eine Menge lernen."

Golo geht weiter. „Ich würde gern erforschen, wie es hinter der nächsten Biegung des Flusses aussieht."

Die Frau fädelt den Faden ein. „Geh nur ein bisschen voraus. Wenn du nicht allzu rasch läufst, haben wir dich bald wieder eingeholt."

„Mit dem Einfädeln ist schon ein guter Teil der Arbeit getan", schätzt Nick.

Golo folgt dem Weg, wandert um die Biegung. Das helle Spiegelbild einer Wolke glänzt im Fluss. Leise murmelt das Wasser über die ufernahen Steine. Auf einer Wiese steht ein Pavillon wie ein großer Kubus. Die Seitenwände und das Flachdach sind lilienweiß. Nur in die dem Fluss zugewandte Seite ist eine weiße Tür eingelassen. Fenster fehlen.

Eine Frau öffnet den Kubus, geht auf Golo zu. „Willst du einmal hineingehen?" Sie gleitet mit der Fingerspitze über seinen Unterarm. „Der weiße Raum erfordert ein bisschen Mut. Er ist wie das leere Blatt am Anfang eines Werks." Ein Mann bewegt sich ruhigen Schrittes. „Ich würde gern den Pavillon betreten."

Sie stellt sich neben den Eingang. „Nur zu!"

Er späht. „Ich dachte, ich würde eine Taschenlampe brauchen. Aber es ist gar nicht dunkel im Innern."

Die Frau erklärt: „Die Wände sind aus lichtdurchlässigem Zelttuch. Im weißen Raum zu stehen, ist ein einmaliges Erlebnis. Du darfst dich auch hinsetzen, wenn du dich getraust."

Er geht hinein, schließt hinter sich die Tür. „Das ist genau die Art von Erlebnis, die ich suche."

Die Frau wendet den Oberkörper zu Golo. „Ich hätte dich warnen müssen. Der Pavillon ist furchtbar begehrt. Wer ihn sieht, möchte sofort hineingehen. Und wen die Magie des weißen Raums einmal gepackt hat, den lässt sie nicht so schnell wieder los."

- „Vielleicht ist er frei, wenn ich das nächste Mal vorbeischaue", vermutet Golo, kehrt ans Ufer zurück und folgt dem Flusslauf. Moos überwächst die Uferfelsen. Der Fluss wirft Lichtspiegelungen in die Wipfel der Bäume.

Eine Frau eilt mit schnellen Schritten. Sie trägt eine kleine mondweiße Schachtel in der Hand. „Möchtest du sie öffnen?"

- „Was ist darin?" erkundigt sich Golo.

Sie runzelt leicht die Stirn. „Wenn ich es dir verrate, ist es leider keine Überraschung mehr", gibt sie zu bedenken.

Ein Mann hält im Gehen ein. „Könnte es auch eine Überraschung für mich sein?"

Die Frau gibt ihm die Schachtel mit der Bitte: „Öffne sie vorsichtig."

Behutsam nimmt er den Deckel ab. In Watte gebettet, liegen Schalenstücke eines Vogeleis darin. Sie sind türkisgrün, weisen kleine Punkte und Flecken auf, glänzen leicht. „Aus diesem Ei ist eine kleine Amsel geschlüpft", vermutet er, „ich kenne mich aus, sammle alles, was ich von Vögeln finde: Federn oder alte Vogelnester. Gerne zeige ich euch meine Sammlung."

Die Frau fragt: „Wo bewahrst du sie auf?"

Er deutet auf ein Haus, das am Waldrand über dem Fluss steht. „Meine Sammlung ist beachtlich. Ihr werdet staunen, was ich im Lauf der Jahre zusammengetragen habe."

„Bekommt meine Schachtel auch einen Platz in deiner Sammlung?" will sie wissen.

Er lenkt seine Schritte zum Waldrand. „Das ist sogar mein Ehrgeiz, alles so auszustellen, wie ich es gefunden habe."

Sie folgt ihm, blickt über die linke Schulter zu Golo.

„Möchtest du die Sammlung auch sehen?"

Er sagt: „Ich erkunde zunächst das Flussufer."

Der Mann bleibt kurz stehen. „Du weißt jetzt, wo mein Haus steht. Vielleicht stößt du bei deiner Erkundung auf ein kleines Fundstück, das meine Sammlung ergänzen könnte. Aber du bist auch mit leeren Händen willkommen. Was wäre eine Sammlung wert, wenn sie niemand betrachtet."

- „In diesem Punkt hast du vollkommen recht", pflichtet ihm die Frau bei und geht mit ihm zum Haus.

Golo schaut ihnen nach. Dann wendet er seine Aufmerksamkeit wieder dem Flusslauf zu. Eine Felswand spiegelt sich. Durch die Wipfel der ufernahen Robinien fällt das Licht aufs Wasser, zaubert blinkende Reflexe. Neben dem Weg liegt ein besonderer Stein in der Wiese. Er ist faustgroß, weist einen rostbraunen Überzug auf. Golo geht in die Hocke, betrachtet ihn genau.

Eine Frau trifft ein. „Du hast einen Stein aus dem Weltraum gefunden", nimmt sie an, hebt ihn auf. „Er ist schwerer als gewöhnliche Steine."

„Das hätte ich nicht auf den ersten Blick erkannt", gesteht Golo.

„Ich habe ein Auge dafür", erklärt sie, „zuhause habe ich einen Magneten. Vielleicht zieht er ihn an. Dann können wir fast sicher sein, dass es sich um einen Stein aus dem All handelt."

Ein Mann erscheint mit weit ausladenden Schritten. „Was habt ihr vor?" erkundigt er sich.

Sie zeigt ihm den Stein. „Du kannst uns helfen, den Fundort zu merken. Es ist wichtig, dass wir ihn später genau bezeichnen können."

Er zieht die Stirn fragend hoch. „Handelt es sich um einen speziellen Stein?"

Sie wiegt ihn in der Hand. „Dieser Stein hat eine weite Reise hinter sich."

Andächtig nimmt er ihn in die Hand, dreht und wendet ihn. „Ist es ein kleiner Meteorit?"

„Davon gehen wir aus", erwidert sie, „guck dir die braune Kruste an! Ich mache den Test mit dem Magneten." Begeistert eilt sie voraus. „Wenn es ein Stein aus dem Weltraum ist, stelle ich ihn in eine Vitrine."

Er läuft hinterher. „Das kommt selten vor, dass man einen findet."

Sie hält inne, dreht sich um, fasst Golo ins Auge. „Du hast ihn entdeckt. Nimmt es dich nicht wunder, ob er aus dem All ist?"

Er umfängt mit der rechten Hand den linken Unterarm. „Ich sehe mich am Ufer um, möchte sehen, wohin der Fluss fließt."

Sie beschreibt ihm die Lage ihres Hauses. „Es ist leicht zu finden. Am Fuß des großen Felsens, der sich über dem Tal erhebt, steht mein Haus. Du kannst jederzeit bei mir hereinschauen."

Golo dankt für die Einladung, folgt dem Uferweg. In weiten Bögen schlingt sich der Fluss durchs Tal. Das Wasser strömt über die Steine, strudelt, bildet Blasen. Eine Frau geht aufrecht. Sie trägt ein Federbrett. Es besteht aus einer runden Grundplatte. 4 Federn verbinden es mit einem Deckbrett. Sie stellt es in die Wiese neben dem Fluss, fragt Golo: „Willst du es ausprobieren? Du kannst darauf das Gleichgewicht trainieren."

Bevor Golo etwas dazu sagen kann, tritt ein Mann heran.

„Das Gleichgewicht halten ist eine Sache. Aber was geschieht eigentlich, wenn ich darauf springe und das Federbrett wie ein Trampolin oder Sprungbrett nutze?"

Die Frau hebt beide Hände. „Da würde ich zu großer Vorsicht raten. Du musst die Wirkung der Federn erst kennenlernen, balancieren, ausgleichen, eventuell auf einem Bein das Gleichgewicht halten."

„Das alles reizt mich weniger. Ich träume von einem richtigen Sprung", ruft er. Ohne auf weitere Empfehlungen zu achten, nimmt er Anlauf, springt in die Luft und landet mit beiden Füßen auf dem Brett. Die Federn werden zusammengedrückt, entfalteten eine Wucht, schleudern ihn in die Höhe.

„Weich landen!" rät die Frau.

Doch er braucht ihren Ratschlag gar nicht, verharrt etwa einen Meter über dem Brett in der Schwebe. „Es gefällt mir. Ich habe die Erdanziehung überwunden."

Die Frau ersucht ihn dringend: „Lande sofort! Ohne Schwerkraft bist du ein Blatt im Wind."

Er genießt den Schwebezustand, treibt über die Wiese davon, gewinnt Höhe. Die Frau läuft ihm nach, ruft: „Stell dir vor, du wärst ein Stein, der fällt. Du musst dein Gewicht zurückwollen, dich schwer fühlen."

Golo blickt ihnen nach. Er geht um das Federbrett herum,

bleibt auf dem Uferweg. Ein Schwan zieht Rillen in den sanft dahinströmenden Fluss. Das Wasser schimmert grünblau.

Eine Häsin hoppelt durch die Wiese. Sie fordert ihn auf, Haken zu schlagen. „Du wählst eine Richtung, läufst ein paar Schritte, änderst sie blitzschnell."

Golo bleibt stehen. „Weshalb sollte ich im Zickzackkurs laufen?"

Sie stellt sich auf die Hinterbeine. „Manchmal bietet es viele Vorteile, wenn du nicht zu viele Fragen stellst. Du folgst mir einfach, guckst mir ab, wie ich mich bewege und hast Spaß."

Ein Mann hüpft fröhlich beschwingt. „Was geht an? Darf ich mitmachen?"

„Wir schlagen Haken", erklärt die Häsin, „es gibt eine Reihenfolge. Ich bin zuvorderst." Sie weist auf Golo. „Dann kommst du." Aufmerksam mustert sie den Mann. „Du bist Nummer 3. Lauft alle Haken sorgfältig aus. Kürzt nie ab." Sie läuft los, blickt zurück, ob Golo ihr folgt. Er gibt dem Mann einen Wink. „Geh schon vor. Ich schaue zu, überlege mir, ob ich euch nachrenne."

Die Häsin winkelt ein Ohr ab. „Wie du willst! Für mich stimmt alles. Du kannst dich auch erst bei der zweiten Runde beteiligen."

Der Mann schlägt einen Haken. „Ich bin sofort dabei. Herumstehen und warten ist nicht mein Ding." Nachdem die Häsin und der Mann mit vielen Haken aus dem Blickfeld entschwunden sind, setzt Golo seinen Weg ruhig fort. Die Sonnenstrahlen funkeln im glasklaren Wasser. Sanft durchstreift der Wind das Ufergras.

Eine Frau kommt auf leisen Sohlen. Sie trägt eine Mütze mit 2 Stimmgabeln, die direkt über den Ohren aufragen und ihr etwas Hasenartiges verleihen. „Die Stimmgabeln bieten viele Vorteile. Du kannst die Tonart des Flusses und des Windes bestimmen. Auch eine Biene, die vorbeisummt, fliegt in einer bestimmten Tonart. Du denkst, es sei ein Geräusch. Aber die Natur ist voller Musik."

„Kann ich sie nicht auch hören, ohne die Tonart zu bestimmen?" will Golo wissen.

„Gewiss", räumt sie ein, „doch je mehr Tonarten du erkennst, desto wacher wird dein Gehör."

Tropfenklang aufs Tamburin

Hinter einer hohen Hecke verbirgt sich ein Park. Durch einen schmalen Eingang gelangen Nick und Golo zu 2 Steinskulpturen unter Bäumen. Die Schafe sind fast fertig gestaltet. Beiden fehlt nur das vierte Bein.

Eine Frau beschäftigt sich mit Hammer und Meißel. „Der Stein ist leicht zu bearbeiten."

Nick fragt: „Wieso sehen beide Skulpturen genau gleich aus? Wie machst du das?"

Die Frau deutet auf die zweite Figur. „Das ist ein Echostein. Alles, was ich beim ersten Schaf gestalte, passiert mit dem Echostein von selber."

Sie führt es vor, meißelt das fehlende Bein heraus. Wie von Geisterhand bearbeitet, lösen sich beim Echostein die genau gleichen Stücke, die sie beim Original heraus schlägt.

Nick wendet sich an Golo. „Das solltest du einmal versuchen. Sicher gefällt es dir, auf diese Weise den Stein zu bearbeiten."

Die Frau bietet ihm die Werkzeuge an. „Du kannst nichts falsch machen. Der Originalstein nimmt die feinsten Bewegungen des Meißels an. Und alles, was der Echostein nachbildet, geschieht mühelos."

Golo fasst sich um die Taille. „Was gäbe es da noch zu tun?"

Nick übernimmt den Hammer und den Meißel. „Es fehlt

nur noch der vierte Fuß."

Kaum hat er ihn sorgfältig herausgearbeitet, kommt Leben in den Echostein. Das steinerne Schaf richtet sich auf, streckt die Beine, springt fort. Das Original wird auch lebendig, imitiert alle Bewegungen des Echoschafs, rennt hinterher.

Die Frau läuft den Schafen nach. „Wir müssen sehen, wohin sie gehen."

Nick legt die Werkzeuge ab. „Wir dürfen sie nicht aus den Augen verlieren." Er spurtet los, versucht die Frau und die Schafe einzuholen.

Golo tritt an die Lücke in der Hecke, schaut ihnen nach. Von Weitem sieht es aus, als hätten sich die Steine in lebendige Schafe verwandelt, so leichtfüßig laufen sie ins Grasland hinaus. Er sieht sich im Park um. Unter den ausladenden Kronen mächtiger Bäume steht eine moosbetupfte Parkbank. Eine Frau bringt einen leichten Gartentisch, stellt ihn vor die Bank. „Möchtest du dich nicht setzen?"

Golo sagt: „Lieber würde ich mich im Park umsehen. Er scheint ein seltsamer Ort zu sein."

Die Frau schreitet über einen Kiesweg davon. „Das kann man so erleben."

Ein Mann nähert sich. Er trägt ein Glas und eine Wasserkaraffe, stellt sie auf den Tisch.

„Darf ich dir ein Glas einschenken?" erkundigt er sich.

Golo bedankt sich. „Im Moment bin ich nicht so durstig."

„Das kann sich schnell ändern", meint der Mann, zieht sich in den Schatten der Bäume zurück.

Golo betrachtet die Rinde einer riesigen Platane. Ein Känguru hüpft hinter dem Stamm hervor. „Ich sehe, du hast Wasser."

Golo verdeutlicht: „Es ist mir angeboten worden."

Das Känguru läuft zum Tisch. „Schenkst du mir ein Glas ein? Ich möchte so gern einmal wie ein Mensch trinken."

Golo füllt das Glas, reicht es dem Känguru. „Das kann ich gut verstehen. Sicher möchtest du auch einmal erleben, wie es ist."

Das Känguru nimmt das Glas in die Vorderpfoten, leert es in einem Zug. „Es ist ein gutes Wasser, hat mir geschmeckt." Es gibt ihm das Glas zurück, trabt zufrieden davon.

Als Golo mit dem Glas in der Hand dasteht, quert eine Frau die Wiese bei der Platane. „Fandest du das Wasser gut?"

- „Ich habe es nicht selber probiert", antwortet Golo, „ein Känguru wollte wie ein Mensch trinken. Da habe ich ihm das Glas gereicht."

Sie nimmt es ihm ab, stellt es auf den Tisch zurück. „Hat es dir danke gesagt?"

„Es hatte ein Leuchten in den Augen. Das war mir Dank genug", berichtet er.

Ein Mann schlendert durch den Park, zieht einen Stift aus der Tasche. „Ich habe einen Textilschreiber. Was könnte ich damit anfangen?"

Die Frau hat eine Idee. „Wir könnten das Wort ‚Danke' aufs T-Shirt schreiben."

Er strahlt. „Auf mein T-Shirt?"

Sie wendet sich Golo zu. „Ich dachte an dich. Du hast etwas Verdienstvolles getan."

Er winkt ab. „Das war doch eine Kleinigkeit."

Unbeirrt fährt sie fort: „Ich finde, du hast eine Auszeichnung verdient."

Er gibt zu bedenken: „Aber ich trage doch mein T-Shirt unter der Weste. Niemand wird die Schrift sehen."

Mit weit ausladenden Gesten zupft der Mann sein T-Shirt zurecht. „Du könntest mir das Wort vorn auf die Brust schreiben. Dann trete ich vor alle hin, die einen Dank verdienen, und deute darauf."

Die Frau führt das sogleich aus, malt das Wort mit großen Buchstaben auf sein Shirt. „Hast du es dir so oder ganz anders vorgestellt?"

Er guckt an sich herunter. „Ich bräuchte einen Spiegel."

Sie lädt ihn ein. „Zuhause habe ich einen Wandspiegel. Du stellst dich davor und prüfst, ob die Schrift für dich stimmt. Wenn sie dir missfällt, biete ich dir ein neues Shirt an." Der Mann freut sich über die freundliche Einladung. „Da lasse ich mich nicht zweimal bitten."

Auf dem Kiesweg hält sie kurz inne, fragt Golo: „Was hast du vor?"

„Ich sehe mir den Park an", entgegnet er.

„Du kannst auch später zu mir kommen", sagt sie, „mein Haus steht neben dem Park, wo der Wald beginnt. Es ist leicht zu finden."

Golo geht tiefer in den Park, kommt vor einen Springbrunnen. Der Wasserstrahl schießt auf, gleißt an der Sonne, plätschert ins Becken. Die Blüten einer alten Linde duften. Ein Nilpferd stapft durch den Park. Es betrachtet Golo.

„Schenkst du mir deine Jacke?"

Golo sieht überrascht auf. „Was willst du damit anfangen?"

Das Nilpferd hebt den Kopf. „Ich könnte die Größe ändern. Entweder mache ich mich klein, bis ich hineinschlüpfen kann. Das ist eine Möglichkeit. Oder ich vergrößere sie, bis sie mir passt. Das wäre die andere Variante."

Ein Mann wandelt auf dem Kiesweg. „Ich platze mitten in ein Gespräch. Worüber unterhält ihr euch?"

Das Nilpferd lenkt seinen Blick auf Golo. „Ich hätte gern seine Jacke."

„Nimm doch meine", schlägt der Mann vor und zieht sie aus.

Das Nilpferd schrumpft auf seine Größe, stellt sich auf die Hinterbeine, nimmt die Jacke und schlüpft hinein.

„Was sagst du? Steht sie mir?"

„Und wie!" anerkennt der Mann, „sogar besser als mir. Du darfst sie behalten."

Das Nilpferd bietet ihm ein Vorderbein an. „Wollen wir ein paar Schritte zusammen gehen?"

Er hängt sich bei ihm ein. „Gerne, ich gehe lieber zusammen als allein."

Seite an Seite verlassen sie den Park.

„Hast du nie daran gezweifelt, dass mir deine Jacke passen könnte?" forscht es.

„Am Anfang schon", gesteht der Mann, „doch dann sah ich, dass du sehr wandlungsfähig bist."

„Das bin ich wirklich", lobt sich das Nilpferd.

Golo schaut ihnen nach. Er schnuppert. Ein Thymianbusch blüht. Die Luft erfüllt der würzige Duft von Rosmarin und Lavendel. Ein Pfauenauge landet auf dem Blütenstand des Sommerflieders. „Kannst du in meinen Augen lesen?"

Golo betrachtet die Augen auf seinen Flügeln. „Sie sind

samtschwarz, eisvogelblau und vanillegelb. Ich freue mich an ihrer Farbenpracht. Jeder sieht sie ein wenig anders. Wenn du die Flügel zusammenklappst, verschwinden sie."

„So sehen sie aus", bestätigt das Pfauenauge, „aber was kannst du darin lesen? Das war meine Frage."

Ein Mann wechselt das Tempo seiner Schritte. „Darf ich sagen, was ich in deinen Augen lesen kann?"

„Ich bitte dich darum", erwidert es, spreizt die Flügel weit. Er richtet seinen Blick auf die Augen. „Ich lese darin, dass deine Freundin eine Giraffe ist."

Das Pfauenauge flattert zu einem anderen Strauch. „Du kannst wirklich in meinen Augen lesen. Das zeichnet dich aus."

Der Mann verbeugt sich leicht. „Darf ich dich begleiten?"

- „Versuchen kannst du es", meint das Pfauenauge, „aber ich fliege jetzt schnell in die Wiese hinaus."

„Ich bin gut zu Fuß", betont der Mann, folgt dem Schmetterling, der rasch davonfliegt.

Rosen leuchten dunkelrot beim großen, etwas verwilderten südlichen Parkeingang. Unter einer Glyzinenlaube durch gelangt Golo zu einem Weg, der zum Waldrand führt.

Eine Frau läuft zielstrebig auf Golo zu. Sie trägt ein Tamburin, schlägt es leicht mit den Fingerspitzen an. „Gefällt dir der Klang?"

- „Er ist fein und markant zugleich", stellt Golo fest.

Sie schenkt es ihm. „Zuerst fragst du dich vielleicht, wozu du es brauchst. Plötzlich ergibt sich ein Sinn, und du bist froh, dass du es zur Hand hast."

Er findet keine Gelegenheit, etwas dagegen einzuwenden, denn sie läuft eilends davon, winkt viele Schritte weiter nur kurz zum Abschied.

Eine Giraffe spricht Golo von hinten an. „Hast du meinen Freund gesehen?"

- „Du meinst das Pfauenauge?" vergewissert er sich. Die Giraffe reckt den Hals. „Kennst du den Schmetterling? Hat er dir von mir erzählt?"

Golo berichtet: „Ich konnte nur die Farben seiner Augen auf den Flügeln bewundern. Doch ein Mann konnte darin lesen, dass eine Giraffe seine Freundin ist."

Die Giraffe wandert neben ihm her. „Am Waldrand befindet sich eine Tropfsteinhöhle. Schon lange hätte ich gern die Tropfen klingen hören, doch der Eingang ist zu klein für mich. Würdest du für mich hineingehen und das Tamburin unter einen Tropfstein legen?"

- „Ein Versuch ist es allemal wert", sagt Golo. Beim Näherkommen entdeckt er am Fuß des Waldbergs den Höhleneingang in den Felsen. „Er ist wirklich zu klein für dich", erkennt er. Ohne sich zu bücken, kann Golo jedoch in die Höhle hineingehen. Überwölbt von Tropfsteinen an geschwungenen Felsen, weitet sie sich zu einer kleinen Halle. Von einem kleinen, etwas unscheinbaren Tropfstein tropft das Wasser. Der Klang hallt, ist jedoch nicht laut genug, dass ihn die Giraffe draußen vernehmen kann.

Sie spreizt die Beine, bückt sich so tief herab, dass ihr Kopf beinahe den Boden berührt, ruft: „Hörst du die Tropfen?"

- „Ich kann sie hören", ruft Golo zurück, „und gleich erfahren wir, wie sie auf dem Tamburin klingen." Er schiebt es unter den Tropfstein. Die Tropfen klatschen aufs Trommelfell, erzeugen einen hellen Klang, der in der Höhle widerhallt und bis ans Ohr der Giraffe dringt. Sie schließt die Augen, prüft, ob sie den Klang noch hört, wenn sie aufrecht, mit gerecktem Hals dasteht. Auch dafür ist er laut genug.

Golo verlässt die Höhle. „Bist du zufrieden?"

Die Giraffe wiegt sich zum Klang der Tropfen. „Manchmal sind es die kleinen Dinge, welche die größte Freude mit sich bringen."

Golo erkundigt sich: „Macht es dir etwas aus, wenn ich weitergehe?"

- „Was hast du vor?" will die Giraffe wissen.

„Ich sehe mir die Umgebung an", erklärt er.

Der Klang der Wellen

Aus der Schlucht heraus führt der Weg in einen sanft abfallenden Hang, der eine weite Sicht gewährt. Smaragdgrün schimmert das Wasser des Sees aus den Wiesen auf. Wolken glänzen in seinem Spiegel. Nick und Golo gelangen in eine Ebene, die Heckenbänder und Bäume durchziehen. Eine Frau kommt ihnen entgegen. Neben ihr her watschelt eine Wildgans. „Wir möchten euch ein Theater vorführen. Wollt ihr es sehen?"

Die Gans streckt den Hals. „Ihr werdet staunen, was ich kann."

Nick sagt: „Das würde uns gefallen. Wo ist die Bühne?" Die Frau stellt ihre Tasche zwischen 2 Bäumen ab, entnimmt ihr ein Wäscheseil. Ein Ende windet sie auf Kopfhöhe um den Stamm, schlingt einen Knoten. Dann klaubt sie ein Stofftuch hervor. Es ist mit Blumen bedruckt und mit Vorhangringen versehen.

Nick hilft ihr, das Seil durch die Ringe einzufädeln. „Das ist ein besonderer Stoff. Ist es nicht fast schade, ihn als Vorhang zu brauchen?"

- „Was würdest du damit anfangen?" will sie wissen.

„Man könnte ein Kleid daraus schneidern", meint er. Während er das Seil spannt und am benachbarten Baum festzurrt, betrachtet sie ein ums andere Mal den Stoff.

„Das wäre eine ganz neue Verwendung." Sie zieht den Vorhang, bittet Golo und Nick. „Setzt euch ins Gras! Dann kann das Theater beginnen." Die Gans läuft zur Stelle, wo 3 Heckenbänder dicht an dicht stehen.

Die Frau schiebt den Vorhang zurück. „Ihr seht nun die Gans als Hürdenläuferin."

Die Wildgans nimm Anlauf, flattert, überfliegt die erste Hecke, macht ein paar Zwischenschritte, überquert flügelschlagend die folgenden Hecken. Sie kommt zu den Bäumen gelaufen. „Wie war ich?"

Die Frau, Nick und Golo klatschen.

„Du bist gewandt", anerkennt Golo und steht auf.

„Kein Mensch könnte dir dieses Kunststück nachtun", lobt Nick.

Die Frau fügt bei: „Es sah elegant aus."

Die Gans stellt einen Flügel aus, verneigt sich. „Wenn mir jemand zuschaut, fühle ich meine Kräfte viel stärker." Sie richtet sich auf, schlägt die Flügel, hebt ab. Zuerst fliegt sie einen weiten Bogen über den Bäumen, dann schlägt sie die Richtung zum See ein und entfernt sich.

„Du hast viel für die Gans getan", findet Nick, „können wir auch etwas für dich tun?"

Die Frau löst den Knoten, zieht das Tuch ein, lässt den Stoff durch die Finger gleiten. „Zuhause habe ich ein Schnittmuster. Ich bin mir jetzt fast sicher, dass ich mir ein Kleid schneidern werde."

Nick rollt das Seil ein. „Ich helfe dir gern."

Sie legt das Tuch zusammen, blickt Golo an. „Was hast du vor? Möchtest du zuschauen oder beim Nähen Hand anlegen?"

Er lenkt seinen Blick zum See hinunter. „Ich würde gern die Landschaft um den See erkunden."

Sie beschreibt ihm die Lage ihres Hauses. „Komm doch nachher vorbei. Wir könnten zusammen einen Tee trinken."

Der Weg senkt sich zum Ufer hin ab. Die Wellen spielen um Felsen und kleine Steine. Glasklar ist das Wasser des Sees.

Eine Frau betritt den Strand. Sie trägt einen Leinensack.

„Versuche zu ertasten, was darin ist. Wenn du es errätst, gehört es dir. Du darfst es mit dem Sack behalten."

Golo tastet mit beiden Händen. „Das ist eine Kokosnuss."

Sie stellt den Sack auf eine Felsenplatte. „Du hast es herausgefunden." Sie nimmt die Nuss heraus. „Ich habe oben eine Art Deckel ausgeschnitten und sie ausgehöhlt."

Ein Mann durchstreift den Strand. „Wem gehört die Kokosnuss?"

Die Frau deutet auf Golo. „Er hat sie bei einem kleinen Ratespiel gewonnen."

Der Mann wendet sich an ihn: „Und nun? Was hast du damit vor?"

Golo gesteht: „Für mich ist das alles sehr überraschend gekommen. Eigentlich wollte ich nur den See und seine Umgebung betrachten."

„Ich wüsste mit der Nuss schon etwas anzufangen", fährt der Mann fort, „ich würde ein paar Kieselsteine einfüllen, den Deckel darauf leimen und sie als Rassel verwenden. Sicher klingen die Steine darin wunderbar."

Er liest einen Kiesel auf, legt ihn in die Nuss, drückt den Deckel darauf, schüttelt sie. „Das ist jetzt nur ein Stein. Wie wird sie erst klingen, wenn ich mehrere hineingebe!" Golo vergewissert sich: „Darf ich die Nuss und die Tasche auch weiterschenken?"

„Sicher", erwidert die Frau, „sie gehören ja dir. Du entscheidest, was damit geschieht."

Er fragt den Mann: „Kannst du nicht nur die Nuss, sondern auch die Tasche brauchen?"

Der Mann greift nach der Tasche: „Für einen Bastler und Sammler, wie ich einer bin, ist sie geradezu ideal." Er schaufelt eine Handvoll Kies in den Sack, legt die Kokosnuss und den Deckel sorgfältig darauf. „Nun müsst ihr mich entschuldigen. Ich habe es sehr eilig, ans Werk zu gehen."

- „Darf ich dich begleiten?" erkundigt sich die Frau, „ich würde gerne zuschauen, wie die Rassel entsteht."

Er schultert die Tasche, lenkt seine Schritte zum Weg, der zum Wiesenhang ansteigt. „Das Basteln macht mir viel mehr Spaß, wenn jemand dabei ist, Hand anlegt oder einfach nur zuguckt."

Golo schlägt den Uferweg ein. Das Spiegelbild eines Baumes löst sich in Wellenrillen auf. Ein Fels ragt aus dem Wasser.

Ein Lama läuft herbei. Es hat einen Korb im Maul, den es Golo vor die Füße stellt. Darin liegt ein Buch. „Es ist ein Schreibbuch", erklärt es, „alle Seiten sind noch leer. Möchtest du einen Eintrag machen?"

Golo bückt sich, nimmt das Buch in die Hand. „Denkst du an einen Tagebucheintrag?"

Das Lama trabt um ihn herum. „Das möchte ich ganz dir überlassen. Ein Wort genügt. Vielleicht schreibst du einfach deinen Namen hinein. Dann erkennen alle, die das Buch aufschlagen, sofort, wer ihn geschrieben hat." Es

senkt den Kopf zum Korb. „Hast du den goldenen Kugelschreiber gesehen? Würdest du einen gewöhnlichen vor-
ziehen?"

Golo gibt zu bedenken: „Dann müsste ich mich auf die Suche begeben. Der goldene liegt hingegen schon bereit."

Er ergreift ihn, schreibt „Golo" auf die erste Seite, zeigt es
dem Lama. „Hast du es dir in der Art vorgestellt?"

- „Ich hatte keine feste Vorstellung", erwidert es, „doch mit
deinem Eintrag wird das Buch erst zum Buch."

Er legt es mit dem Kugelschreiber in den Korb zurück.

„Danke, dass du es mir angeboten hast!"

Flink nimmt es den Korb wieder ins Maul und läuft weg.

Der Wind spielt mit dem spiegelnden Wasser. Wellensterne blinken.

Aus dem Dickicht hört Golo eine Stimme. „Siehst du
mich?"

Er späht ins Grün. Sein Blick schweift über die fein ver-
zweigten Sträucher und die weit herabhängenden Äste
der Uferbäume.

Dann klingt die Stimme von einem hellen, ockergelben
Felsen. „Da bin ich."

Sein Blick tastet die Spalten und Ritzen ab. Wiederum
kann er nicht erkennen, wer ihn ruft. Suchend geht er ein
paar Schritte weiter, sieht sich um.

Nun vernimmt er die Stimme von einer dunkelroten
Sandsteinmauer. „Strecke deinen Arm aus. Richte die
Handflächen vorn auf, als möchtest du einen Stein von der
Mauer schieben."

Kaum hat er die Anweisung ausgeführt, schnellt etwas
Feuchtes, Rundes an seine Handfläche. Er zieht die Hände

schnell zurück, entdeckt jetzt das Chamäleon, das ihn mit seiner herausschnellenden Zunge berührt hat. „Habe ich dich erschreckt?" fragt es. Es hat die dunkelrote Farbe angenommen, ist auf der Mauer kaum zu erkennen.

Golo beugt sich vor. „Du hast mich überrascht."

„Ich möchte eben gut getarnt sein", erklärt es, „nur ausnahmsweise gebe ich mich zu erkennen." Mit diesen Worten verschwindet es hinter der Mauer.

Golo wendet sich wieder dem blauen und grünen Farbenspiel des Sees zu. Der Weg führt zu einer Uferwiese.

„Gleich werde ich in einer Glockenblume landen", sagt eine Biene im Vorbeiflug.

„In welcher? Weißt du das schon?" erkundigt sich Golo. Sie fliegt um eine indigoblaue Blüte. „Ich habe sie ausgelesen. Sie verspricht mir Nektar." Die Glockenblume schaukelt, als die Biene in die Blüte dringt und Nektar saugt. In einem Bogen fliegt sie zu Golo zurück, landet auf seinem Arm. „Hättest du an meiner Stelle eine andere Blüte ausgewählt?"

„Soweit dachte ich gar nicht", erwidert er, „ich habe nur deine Flugkunst bewundert."

„Bewundern allein genügt nicht", meint die Biene, „du musst auch versuchen zu verstehen, was um dich herum geschieht. Wenn du dich wirklich einfühlst, kommt dir jede meiner Bewegungen so nahe, dass es dir vorkommt, als würdest du sie selber ausführen." Sie fliegt weiter. Golo versucht ihr mit Blicken zu folgen, bis er sie aus den Augen verliert.

Zuerst nur als kleiner Punkt am Horizont erkennbar, wird die Silhouette einer Frau immer größer. Sie hat einen

Bassgeigenkoffer auf den Rücken geschnallt, legt ihn ins Gras, klappt die Verschlüsse auf. „Hast du auch ein Instrument bei dir?"

- „Nur meine Stimme", sagt Golo.

Sie findet: „Die Stimme ist ein wunderbares Instrument. Du solltest sie einsetzen, sooft du Gelegenheit findest." Sie hebt die Geige aus dem Koffer, stimmt die Saiten kurz. Dann nimmt sie den Bogen und streicht ein paar warme Töne. Sie klingen wie der Anfang einer Melodie. „Du kannst einstimmen und dazu singen, was dir gerade einfällt."

Ein Saxofon erklingt. Sie horcht auf, sieht einen Mann näherkommen. Er hat ein Saxofon umgeschnallt, greift die Melodie auf seine Weise auf, verändert sie, spielt Variationen. Das gefällt der Bassistin. Sie zupft ein paar Töne an, spielt im Duett mit dem Saxofonspieler. Die beiden Instrumente führen ein freies Zwiegespräch. Mal führt der Bass, mal spielt er die Begleitung. Das Saxofon reagiert auf seine eigene Weise, bald schrill, kurzatmig, bald gedehnt, schwungvoll und weitschweifig, unterbrochen von silberhellen Kaskaden, die wie Gelächter klingen. Sie sind so sehr in ihr Spiel vertieft, dass ihnen gar nicht auffällt, dass sich Golo langsam entfernt. In seinem Ohr vermischt sich die Musik mit dem Klang der Wellen und dem Rauschen des Winds in den Bäumen.

Das Landsträßchen mit den Tasten

Silberlichter bestreuen die Wellen. Nick und Golo schauen auf den See hinaus. Karibikblau wölbt sich der Himmel über dem Wasser.

Eine Frau nähert sich mit bedächtigen Schritten. Sie hat 2 Gläser mit Sand gefüllt, stellt sie auf eine dunkle Felsenplatte. „Möchtet ihr damit malen?"

Nick nimmt das erste Glas in die Hand. Es enthält kalkweißen Sand. Er streut ihn auf der Platte aus, bildet einen großen Kreis. In die Mitte lässt er löwenzahngelben Sand aus dem zweiten Glas rieseln. „Das ist ein Gänseblümchen."

Die Frau setzt sich auf den Rand der Platte. „Nun können wir das Bild betrachten."

Nick lässt sich neben ihr nieder. „Es hatte mir Freude gemacht, mit Sand zu malen."

Die Frau wirft Golo einen aufmunternden Blick zu. „Willst du dich nicht zu uns setzen?"

Er sagt: „Ich möchte zuerst das Seeufer erkunden."

Die Frau meint: „Gewiss findest du noch viel mehr Arten von farbigem Sand."

Golo folgt dem Uferweg. „Das ist gut möglich."

Wurzeln queren den Weg. Einzelne Bäume stehen so nah am Wasser, dass ihre Kronen sich spiegeln. Ein Mann hat eine Staffelei aufgestellt. Er tunkt den Pinsel in die Farbe, bittet Golo: „Ziehe nur einen einzigen Strich.

Du wirst sehen, es ist eine besondere Farbe." Er reicht Golo den Pinsel.

Die Farbe ist augenblau. Als Golo den Pinsel quer über die Leinwand gleiten lässt, sieht er Buchstaben im breiten Strich. Sein Auge verbindet sie zum Wort „Löwe".

Er tauscht mit dem Mann einen Blick aus. „Kannst du die Buchstaben auch sehen?"

Der Mann nimmt ihm den Pinsel ab, bestätigt: „Es sind nicht nur Buchstaben entstanden. Du hast auch ein Wort gemalt. Ich lese: Löwe."

Als Golo weiterwandert, stößt er auf ein eingewachsenes Abstellgleis. Er folgt dem Schienenstrang, sieht einen verrosteten Eisenbahnwagen. Die Schrift ist verwittert. Golo versucht sie zu entziffern, kann das Wort „Schlafwagen" erkennen. Eine Seitenwand ist herausgebrochen. Der Wagen steht leer, die Abteile und Betten sind entfernt. Am Boden liegt ein Löwe. Er öffnet die Augen. „Suchst du etwas Bestimmtes?"

Golo versichert: „Ich wollte dich nicht stören. Ich sehe mich nur am Seeufer um. Das Abstellgleis hat meine Neugier geweckt. Und so bin ich zu dir gekommen. Hoffentlich habe ich dich nicht geweckt."

„Die Sonne scheint warm", sagt der Löwe, „da habe ich mich hingestreckt. Der offene Wagen ist ein guter Ort. Ich liege etwas erhöht, kann die ganze Umgebung überschauen. Geschlafen habe ich nicht. Ich hielt bloß die Augen geschlossen." Er mustert ihn. „Bist du alleine gekommen?"

- „Ich spazierte mit dem Freund am Ufer. Er malte ein Gänseblümchen aus Sand, betrachtete es mit einer Frau. Ich bin noch einem Maler begegnet", erzählt Golo, „er ließ mich mit dem Pinsel malen. Im Strich entstand das Wort ‚Löwe'."

Der Löwe richtet sich auf. „Das ist der Name, den ihr mir gebt. Menschen finden für alle Lebewesen Worte. Wie heißt du?"

- „Golo", stellt er sich vor.

Der Löwe streckt sich, springt vom Schlafwagen. „Hast du dir den Namen selber gegeben?"

Golo winkelt den Arm ab. „Wie käme ich dazu? Den Menschen wird sehr früh ein Name gegeben. Dann gewöhnen sie sich daran."

Ruhig schreitet der Löwe an ihm vorbei. „Sich an etwas zu gewöhnen, kann angenehm sein. Es kommt nur darauf an, sich im rechten Moment wieder davon zu befreien."

Golo schaut ihm nach.

Er kehrt an den Strand zurück. Sanft schwappen kleine Wellen an Land. Das Wasser ist so klar, dass Golo bis auf den Grund schauen kann. Eine Blumenwiese stößt ans Ufer. Malven, weißer und gelber Klee blühen darin.

Eine Frau schlendert bedachtsam. Sie hat eine Kamera umgebunden. „Fotografierst du mich?"

Sie schaltet den Monitor ein. Ein Mann betritt die Wiese. „Machst du eine Aufnahme von den Blumen?"

- „Ich möchte fotografiert werden", erwidert sie.

„Das könnte ich übernehmen", bietet er sich an.

Sie reicht ihm die Kamera. „Kannst du es einrichten, dass der See im Bild ist?"

Er geht um sie herum, ein paar Schritte vor, ein paar zurück, bis ihm der Ausschnitt passt. Er streift Golo mit einem

Seitenblick. „Möchtest du mit aufs Bild?" Scherzhaft fügt er bei: „Ihr würdet ein schönes Paar abgeben."

- „Das würde eine ganz andere Aufnahme", gibt Golo zu bedenken.

„Mir würde es gefallen", sagt die Frau, „ich sehe mich gern in Gesellschaft."

„Wir könnten gestaffelt vorgehen", schlägt der Mann vor, „erst mache ich ein paar Aufnahmen von dir allein. Dann fotografiere ich euch als Paar."

Golo sagt: „Ich sehe mir in der Zwischenzeit die Landschaft an."

Er entdeckt einen schmalen Weg, der zu einer kleinen Bucht führt, wo eine Frau Stühle auf den Tisch stellt.

„Wenn ich gewusst hätte, dass ein Gast kommt, hätte ich nicht aufgestuhlt." Sie beeilt sich, die Stühle wieder herunterzunehmen.

Golo wendet ein. „Für mich musst du keinen bereitstellen. Ich bin nicht müde."

„Es geht nicht ums Ausruhen. Wir könnten uns doch setzen und die Aussicht genießen."

Er sagt: „Im Moment interessiert mich die Bucht. Ich würde sie gern erkunden."

Sie deutet auf einen Stuhl. „Er ist für dich vorgesehen. Vielleicht magst du dich nachher setzen."

Er dankt für das Angebot, geht zum Sandstrand, der sich an die Bucht schmiegt.

Sie ist sichelförmig, von hohen Bäumen gesäumt. Lichter wechseln mit Schatten. Golo lauscht den Wellen. Im Plätschern und Rauschen vernimmt er ein leises Flüstern, das sich mit dem Wispern der Blätter vermischt.

Ein Mann schreitet auf Golo zu. Er trägt eine kleine Tasche. „Darf ich dir etwas schenken?"

Golo stellt einen Fuß vor den anderen. „Worum handelt es sich?"

Der Mann lässt ihn in die Tasche blicken. Sie enthält Tischtennisschläger und Bälle. „Plötzlich kannst du sie brauchen. Dann bedeuten sie dir sehr viel."

Bevor Golo etwas dagegen einwenden kann, hat er sie ihm rasch übergeben. „Zuerst meinst du, du könntest sie nie verwenden. Das kann sich schnell ändern." Mit einem aufmunternden Augenzwinkern lässt er ihn stehen und eilt aus der Bucht.

Golo schaut ihm nach. Am Ende des sichelförmigen Strandes biegt der Weg in einen Wald ein.

Dort hat eine Frau einen alten Tischtennistisch gereinigt, ein Netz gespannt. „Was mir fehlt, sind nur noch Schläger und Bälle."

Golo stellt die Tasche auf eine Felsenplatte, öffnet sie. „Damit kann ich dienen."

Die Frau wählt einen Schläger aus. „Er liegt gut in der Hand." Sie nimmt einen Ball, stellt sich am Tisch auf, wartet, bis Golo sich mit einem Schläger ausgerüstet hat. Dann spielt sie den Ball ruhig übers Netz, nicht zu hoch, nicht zu flach. Golo kann ihn mühelos zurückschlagen. Sie spielen einander sorgfältig zu, konzentriert und gleichzeitig sehr entspannt, darauf bedacht, dass der Ball möglichst in der Mitte der gegenüberliegenden Tischhälfte aufspringt.

Ein Mann kommt hinzu, fragt: „Darf ich mitspielen?"

Ohne das Spiel zu unterbrechen, schenkt sie ihm einen flüchtigen Blick. „Greif dir einen Schläger. Unser Ziel ist dass der Ball nie zu Boden fällt."

Er stellt sich neben Golo auf. „Ich dachte es mir. Ihr wollt keine Hektik aufkommen lassen." Er übernimmt die achtsame Spielweise, schlägt den Ball nur, wenn er ihm deutlich zugespielt wird.

Nachdem sie eine Weile zu dritt gespielt haben, fängt Golo den Ball mit der Hand, unterbricht das Spiel. „Ich war noch nie an diesem See, würde ihn gern erkunden."

Er gibt dem Mann den Ball, versorgt den Schläger in der Tasche.

„Komm wieder zu uns zurück, wenn du dich umgesehen hast", bittet sie.

„Vielleicht triffst du eine weitere Mitspielerin", hofft der Mann, „dann können wir das Spiel erweitern."

Der Klang des Balls, der auf den Tisch und gegen die Schläger prallt, begleitet Golo in den Wald hinein, ein ruhiger Takt mit abwechselnd hohen und tiefen Schlägen. Der Wald erstreckt sich bis zum anderen Ende der Bucht, lichtet sich. Ein schmaler Wiesenpfad säumt das Ufer. Eine Frau pflückt einen Löwenzahn. Er steht voller Schirmflieger-Samen. Sie pustet. Eine kleine Wolke von Schirmfliegern steigt auf, schwärmt aus, zerstreut sich. Ein Schirmchen fliegt an Golos Ohr vorbei, wispert: „Folge mir, aber versuche nicht, mich zu fangen."

Als er zur Frau hinüberschaut, schlägt sie die Lider nieder und nickt. „Geh ihm doch nach! Was ist schon dabei?" Golo folgt dem Schirmflieger und gelangt vor eine kleine Bretterbühne, die über und über mit Jeansstoff belegt ist. Ein Berg von Ballen und Rollen überlagert sie. Ein Mann kraxelt wie eine Ameise darüber. „Brauchst du neue

Jeans? Darf ich Maß nehmen?"

Golo winkt ab. „Um meine Jeans ist es gut bestellt. Ich brauche keine neue."

Der Mann empfiehlt: „Du musst vorausschauend planen. Irgendwann werden sie vernutzt sein. Bevor es so weit kommt, solltest du dich mit den neuen schon eingedeckt haben."

Die Frau, welche die Schirmflieger in die Luft gepustet hat, holt Golo ein. „Du solltest das Angebot nutzen", rät sie, „ich lasse mir gern neue Jeans schneidern. Da zögere ich keinen Moment."

Der Mann rutscht vom Stoffberg hinunter. „Gönne dir Zeit zum Überlegen! Bis ich die Bestellung, die eben erst eingegangen ist, ausgeführt habe, dauert es schon eine kleine Weile. Du darfst mir zuschauen, wenn es dir gefällt."

Golo sagt: „Ich möchte die Umgebung des Sees kennenlernen."

Der Mann weist mit dem Daumen über die Schultern auf den Stoffberg hinter sich. „Da oben hast du eine wunderbare Aussicht."

„Ich möchte mich eben frei bewegen", bedingt sich Golo aus, „so erlebe ich alles ganz nah und kann mich darauf einlassen."

„Du bist frei", versichert die Frau, „drehe in aller Ruhe deine Runde und denke darüber nach. Wenn du zurück kommst, gibst du uns Bescheid."

Golo bedankt sich für das freundliche Angebot, nimmt den Wiesenpfad wieder unter die Füße. Blütenweiße Lichtnelken, Flockenblumen, wilde Möhre und Nachtkerzen blühen. Ein Halm schwankt im Wind. Der Wiesenweg

mündet in ein kleines Landsträßchen, in welches Klavier-
tasten eingelassen sind. Sie sind breiter und länger als
Orgelpedale, füllen die ganze Straßenbreite. Golo kann
den Fuß auf eine Taste setzen und dem wunderbaren Ton
nachlauschen, der entsteht. Er hüpft auf den Tasten. Eine
Melodie erklingt.

Eine Frau kommt hinzu, springt auf die Tasten, spielt die
zweite Stimme. „Wie klingt sie?"

„Es ist, als hätte die Melodie darauf gewartet", lobt er,
überlässt ihr die Melodie und tanzt die Begleitstimme.

Vom fröhlichen Klang angelockt, gesellt sich ein Mann
hinzu. Zuerst hört er genau hin, beobachtet die Frau
und Golo, dann springt er auf die Tasten und hüpft eine
Bassstimme, die einen beschwingten Rhythmus ins Spiel
bringt. Manchmal landet er mit beiden Füßen auf den
Tasten, worauf ein Akkord ertönt. Das Spiel wird immer
mannigfaltiger und reicher. Langsam zieht sich Golo zurück, überlässt den beiden das Landsträßchen mit den
Tasten.

Das Nashorn

Die mächtigen Kronen der Bäume beschatten den Weg. Die Blätter schaukeln im Wind. Auf einer Lichtung, wo sich mehrere Waldwege kreuzen, hält Nick inne. „Bleiben wir auf unserem Weg oder zweigen wir ab?"

Eine Frau streift durchs Unterholz. Sie trägt eine Drehscheibe, stellt sie in die Mitte der Lichtung. „Habt ihr euch bereits für eine Richtung entschieden oder seid ihr noch am Beraten?"

- „Wir sind eben erst eingetroffen", berichtet Golo, „und haben uns noch nicht entschieden."

Ein Mann tänzelt über den Waldboden. Er bringt eine Teekanne. Sie ist mit einem schnabelförmigen Ausguss versehen. „Wir stellen sie auf die Scheibe, geben ihr behutsam Schwung und schauen, wohin der Schnabel weist." Nick nimmt ihm die Kanne ab und führt den Plan gleich aus. Ein kleiner Schubs genügt. Die Scheibe dreht sich mit der Kanne. Gebannt schaut die Frau zu. „Meine Drehscheibe ist ein kleines Wunderwerk." Die Bewegung verlangsamt sich. Die Scheibe bleibt stehen, und der Schnabel zeigt auf einen kleinen Pfad.

„Dann wäre es also schon entschieden?" vergewissert sich der Mann. Er lässt den Blick in die Runde schweifen, bevor er die Teekanne aufnimmt.

„Für mich stimmt der Pfad", erklärt die Frau und hebt die Scheibe auf.

Nick führt die kleine Gruppe an. Er horcht. „Welchen Vogel höre ich?"

„Das ist die Tannenmeise", sagt Golo, „ein sehr scheuer Vogel. Wenn wir ruhig vorangehen, können wir dem Gesang lauschen."

Sie gehen achtsam, weichen kleinen Ästen und Zweigen aus. Sie wollen verhüten, dass sie unter den Sohlen knacken und die Tannenmeise verscheuchen. Eine kleine Feder fliegt durch die Luft. Sie ist schwarzgrau gezeichnet. Obwohl sie alle danach jagen, kleine Luftsprünge machen, gelingt es ihnen nicht, sie zu erhaschen. Sie fliegt durchs offene Fenster in ein kleines Waldhaus.

Nick eilt zur Tür, liest auf einem Schild den Namen Zita. Er klopft an.

Eine Frau öffnet, grüßt und blickt in die Runde. „Kommt herein! Ich habe gern Besuch."

- „Bist du Zita?" fragt er.

Sie stellt sich neben die Tür. „So heiße ich."

Er berichtet: „Wir sind einer Feder gefolgt. Sie flog durchs offene Fenster in dein Haus."

Zita geht hinein. „Das ist mir gar nicht aufgefallen." Sie findet die kleine Feder auf dem Teppich neben dem Tisch, hebt sie auf. „Sie könnte von einer Tannenmeise sein." Nick tritt ins Haus. „Darf ich sie anschauen?"

Sie gibt sie ihm. „Bewahre sie gut auf. Federn einer Tannenmeise findet man selten."

Der Mann zeigt seine Kanne. „Gefällt sie dir?"

Zita betrachtet sie. „Ich koche Wasser. Dann gieße ich darin einen Pfefferminztee an. Setzt euch! Es dauert nicht lange."

Die Frau stellt die Drehscheibe neben der Haustür ab, fragt Golo: „Kommst du auch herein?"

Er sagt: „Ich sehe mich im Wald um."

Während sich Zita um den Tee kümmert, die Gäste am Tisch Platz nehmen und die Feder anschauen, folgt Golo einem schmalen Pfad. Ein Schmetterling, ein Admiral landet mit etwas Abstand, fliegt auf, wenn er näherkommt. Das Spiel wiederholt sich mehrere Male. Es sieht aus, als würde er Golo zum Fangenspielen einladen. Die fuchsorangen Bänder auf den samtschwarzen Flügeln leuchten. Golo geht behutsam, bleibt stehen, um ihn nicht zu verscheuchen.

Eine Frau trippelt über die Wurzeln. Sie hat einen Filzschreiber. „Den möchte ich dir schenken."

Golo gesteht: „Im Moment wüsste ich damit nichts anzufangen."

„Warte es ab", empfiehlt sie, „plötzlich gewinnt er Bedeutung." Sie drückt ihm den Stift in die Hand. „Nimm ihn doch einfach." Schnell verschwindet sie mit dem ihr eigentümlichen Trippelschritt.

Golo steckt den Stift ein, blickt sich nach dem Admiral um. Er kann den Schmetterling nicht mehr finden. Zwischen den Buchen wächst Riesenfarn. Efeu umschlingt die Stämme.

Ein Mann wandelt durch den Wald. Er trägt ein tellergroßes, rundes Glasstück. Zuerst hält es Golo für einen Spiegel, weil es in der Sonne blitzt. Der Mann bittet: „Frage mich, ob ich mit allem, wie es ist, zufrieden bin, oder ob ich etwas ändern möchte."

- „Was möchtest du denn ändern?" fragt Golo.

Der Mann spielt mit der Scheibe, hält sie wie ein Servier-
tablett. „Ich habe sie lange getragen." Er streckt sie Golo
entgegen. „Es ist höchste Zeit, sie weiterzureichen."

Da Golo sie ihm nicht abnimmt, legt er sie behutsam,
aber geschwind auf eine Felsenplatte. „Bei dir ist sie gut
aufgehoben", fügt er bei, bevor er sich mit beschleunigten
Schritten entfernt.

Golo betrachtet die Scheibe. „Wer könnte sie verwenden?"
Eine Frau bewegt sich auf die Felsenplatte zu. „Das ist ein
wunderbares Stück Glas", findet sie, „gehört es dir?"

- „Ein Mann hat es hingelegt", teilt er mit, „zur freien Verfügung. Du darfst es gerne nehmen und behalten, wenn
du willst."

Sie hebt es auf, hält es gegen das Licht. „Hat er nichts dazu
gesagt?"

- „Er war in großer Eile", berichtet Golo, „wirkte fast ein
wenig kurzangebunden auf mich."

- „Hast du etwas zum Schreiben?" fragt sie.

Golo nimmt den Filzstift aus der Tasche. „Möchtest du malen?"

„Ich denke, das ist dein Part", sagt sie mit einem Lächeln,
legt das Glas auf die Felsenplatte zurück.

Er malt einen Kreis. Kaum hat er den Stift zurückgezogen,
bläst sie aufs Glas, als möchte sie die Farbe trocknen.
Die Scheibe verwandelt sich in eine große, schillernde
Seifenblase, steigt auf, schwebt über dem Pfad.

„Sehen wir, wohin sie fliegt!" ruft die Frau und geht ihr
nach.

Mit etwas Abstand folgt Golo. Sie gelangen zu einer Lichtung, wo sich ein Mann damit beschäftigt, eine lange

Schachtel zu öffnen. Er dreht sich nach der Seifenblase um. Sie steigt über die Wipfel der Bäume auf.

„Weiter können wir ihr nicht folgen", bemerkt die Frau, „wir müssen sie ziehen lassen."

- „Gut, dass ihr gekommen seid", sagt der Mann, „ich setze aus einzelnen Teilen ein Bett zusammen."

Sie sehen wie Puzzleteile aus, mit runden Buchten und Steckern.

Die Frau schlägt vor: „Wir könnten sie einmal auslegen und herausfinden, welche zusammenpassen."

Der Mann findet den Vorschlag gut, packt mit ihr die Teile aus. „Zusammen werden wir es schaffen."

Manchmal finden sie auf Anhieb 2 Teile, die sich zusammenschieben lassen.

Golo hört an seinem Ohr den Flügelschlag eines Schmetterlings. Er wendet sich um, sieht einen Trauermantel.

„Ich gehe ihm nach." Er verlässt die Lichtung.

Die Frau guckt kurz auf. „Komm doch nachher zurück."

Der Mann fügt bei: „Wir zeigen dir gern das fertige Bett."

Die Flügel des Schmetterlings schimmern violett und dunkelbraun. Am Waldrand verliert ihn Golo aus den Augen. Grillen zirpen.

Eine Frau sitzt im Gras. „Hast du auch schon eine Grille über die Hand krabbeln lassen?"

„Das habe ich noch nie gemacht", erwidert er, „ich möchte die Tiere auf ihrem Gang nicht stören."

Sie legt die Hand ins Gras. „Du störst sie bestimmt nicht. Wenn deine Hand im Gras liegt, kann es vorkommen, dass sie von selber den Weg darüber wählen. Versuche es doch einmal."

Golo setzt sich neben sie, stützt sich zu beiden Seiten mit den Händen ab. Über die linke Hand krabbelt eine Grille, kitzelt ihn leicht. Er hält die Hand ganz ruhig, um sie nicht zu erschrecken.

„Du hast recht", sagt er zur Frau, „sie setzt ihren Weg unbeirrbar fort."

Sie schlägt die Lider nieder. „Ich werde dir nun ein kleines Lied vorsingen. Achte, was geschieht."

Sie singt von einer Ameise an der Kante. Prompt sieht Golo an der Kante eines Steinbrockens eine Ameise, als hätte sie die Frau mit dem Lied hervorgezaubert.

„Wie geht das?" fragt er.

„Das Lied ist noch nicht zu Ende", erklärt sie, singt von der Raupe im Gras.

Golo schärft den Blick, gewahrt eine Raupe, die an einem Halm hochklettert. „Ich wundere mich, wie das alles sein kann."

Die Frau räkelt sich. „Ich kenne noch viele Lieder."

In ihrem nächsten Lied kommt eine Eiche vor, die in der Wiese steht. Golo schaut sich um, sieht die Eiche. Sie entfaltet eine mächtige Krone. Er steht auf. „Ich würde sie mir gern aus der Nähe ansehen."

„Ich begleite dich", sagt die Frau.

Sattgrün leuchtet die Wiese. Ein Distelfalter besucht eine Malve.

„Haben dir meine Lieder die Augen geöffnet?" erkundigt sie sich.

„Durchaus", bestätigt Golo, „sie weckten meine Aufmerksamkeit."

Die Eiche steht mit ihren knorrigen Wurzeln auf einer kleinen Anhöhe. Hinter dem riesigen Stamm fällt der Hang zu einem zerfallenen Haus ab. Nur eine steingraue Wand und eine Treppe sind übriggeblieben.

„Willst du sie dir näher ansehen?" fragt die Frau.

Golo steigt mit ihr hinunter. „Das könnte interessant sein."

Aus dem Grau schält sich ein Nashorn. Es hebt den Kopf. „Wer möchte auf mir reiten?"

Dann stellt es sich neben die Treppe, dass die Frau bequem aufsteigen kann. Sie schwingt sich auf den Rücken. „Kommst du auch?"

Golo zögert. „Ich bin noch nie auf einem Nashorn geritten."

„Mache einen Anfang", empfiehlt die Frau, „es gibt ein besonderes Gefühl."

Das Nashorn schreitet einmal um die Wand herum. „Du siehst, es ist einfach auf mir zu reiten." Es dreht den Kopf, erkundigt sich: „Wie geht es dir auf meinem Rücken?" Sie setzt sich im Schneidersitz. „Gut! Ich wollte schon immer auf einem Nashorn reiten."

Langsam, Schritt für Schritt, geht das Nashorn ins Grasland hinaus. „Wir machen eine Runde. In der Zwischenzeit kannst du es dir überlegen. 2 Menschen haben bequem auf meinem Rücken Platz."

Die Frau winkt. „Sei unbesorgt! So ruhig, wie es mich fortträgt, so sicher bringt es mich wieder zurück."

Die Malsteine

Kleine Wellen bewegen sanft den See. Tiefblau schimmert das Wasser. Nick und Golo schauen zu, wie ein Kind mit Muscheln spielt. Es legt sie zu Kreisen, Ornamenten aus. Mit den Händen formt es einen Sandberg, belegt ihn mit Muscheln. Es lässt sich durch die Zuschauer nicht stören. Sie erkunden weiter die Bucht, geraten am westlichen Ende vor Felsen. „Klettern wir hindurch oder kehren wir um?" fragt Nick.

Golo mustert die Felsen. „Wir könnten auch darum herumschwimmen."

Eine Frau kommt auf sie zu. „Ich kenne einen Pfad durch die Felsen. Er ist schmal, aber sicher. Allerdings müsst ihr schwindelfrei sein."

„Das sind wir", versichert Nick.

Die Frau geht voran. „Seid ihr das erste Mal hier?"

Nick antwortet: „Für uns ist alles neu. Wir wollen den See erkunden."

„Hinter den Felsen ladet ein Strand zum Baden ein. Ich zeige euch den Weg", bietet sie an.

Durch ein Reich aus seltsam geformten Felsen führt der Pfad. Die Felswand zur linken, den See zur rechten Seite gelangen sie zu einem weiten Strand. Bevor sich die Frau zurückzieht, sagt sie: „Nun ist das Gelände offen. Ihr könnt euch rund um den See frei bewegen."

Das Wasser funkelt in Ufernähe. Wellensterne blitzen.

Ein Mann kreuzt auf. Er bringt einen Strauß Gänseblümchen. „Ich pflückte sie. Wem darf ich sie schenken?"

Nick nimmt ihn. „Ich mag diese Blumen."

Der Mann fragt vor dem Weitergehen: „Machst du dir auch Gedanken darüber, wo du sie einstellen könntest?"

„Ich sorge schon dafür", versichert Nick. Er legt die Blumen auf eine Felsenplatte. „Sie haben fast alle gleich lange Stiele. Ich könnte einen Kranz winden."

Eine Frau begrüßt sie. „Was habt ihr mit den Blumen vor?"

„Ich wollte gerade einen Kranz winden", berichtet Nick.

„Lass mich das machen", bittet die Frau, „ich habe schon lange keinen Kranz mehr gewunden."

Nick überlässt ihr die Blumen. „Dann sehen wir dir gerne zu."

Mit geschickten Händen windet sie den Kranz, blickt Golo an. „Möchtest du ihn aufsetzen?"

„Ich trage einen Hut", sagt er und tippt an die Krempe.

Sie schaut Nick an. „Wir steht es mit dir? Hättest du Hemmungen, dich mit einem Kranz zu zeigen?"

Er hat eine andere Idee. „Du könntest ihn selber aufsetzen."

Sie streicht die Haare zurück und setzt ihn auf. „Sehe ich gut aus?"

Golo sagt: „Mit dem Kranz gehst du so beschwingt."

„Wir könnten ein Stück weit zusammengehen", schlägt sie vor.

Nick sagt mit freundlichem Lächeln: „Auf meiner Wunschliste steht das Beisammensein immer ganz oben." Um eine tischartige Felsenplatte hat ein Mann Gartenstühle aufgestellt. In einer Schale sind Heidelbeeren.

„Darf ich euch einladen? Ich habe viele Beeren gepflückt. Ich könnte sie gar nicht alleine essen."

Die Frau setzt sich auf einen Stuhl. „Hier ist es angenehm, behaglich."

Neben ihr nimmt Nick Platz. „Ich kann es kaum erwarten, eine Beere zu kosten."

Der Mann schenkt ihm einen dankbaren Blick. „So ist es gedacht."

Die Frau klatscht mit der flachen Hand auf die Sitzfläche des benachbarten Stuhls, wendet sich an Golo. „Setze dich zu mir."

Nick findet: „Uns bleibt nachher genug Zeit, den See zu erkunden."

- „Das stimmt", anerkennt Golo, „ich gehe nur ein wenig voraus. Ihr habt mich dann schnell eingeholt."

Er lauscht dem Rauschen der Wellen. Der See malt tiefe Rillen in den Sand.

Eine Frau bewegt sich im Laufschritt. Sie hat eine kleine Kamera und ein Stativ dabei. „Wir könnten einen Filmklub gründen."

- „Wie stellst du ihn dir vor?" erkundigt sich Golo.

Sie klappt die Beine des Stativs auseinander, stellt es auf. „Einfach", sagt sie, „sobald die Kamera läuft, zeigen wir uns immer anders. Wir treten einzeln und zusammen auf, bücken uns, beugen uns, drehen uns im Kreis, laufen vorwärts und rückwärts, was uns gerade einfällt. Manchmal sind wir aufeinander bezogen, manchmal nicht. Wir gehen ganz nah an die Linse heran, entfernen uns, wie es gerade kommt."

„Dir schwebt eine Art Ballett ohne Musik vor", nimmt er an,

145

geht ein paar Schritte auf und ab.

Sie hüpft um ihn herum. „Freier, schneller, aus dem ersten Impuls heraus!"

Er übernimmt ihre Bewegungen, stellt sich auf ein Bein, streckt das andere und die Arme aus.

Ein Mann guckt neugierig in den Monitor der Kamera.

„Darf ich auch mitmachen?"

„Selbstverständlich", ruft sie, „alle sind willkommen."

Der Mann bringt seine Bewegungsimpulse ein. Mit ruckartigen Körperverrenkungen führt er eine komische Note ins Spiel ein. Golo entfernt sich immer weiter, bis er außerhalb des Bildausschnittes ist. Seine Bewegungen werden ruhiger, nehmen den Gang eines Spaziergängers an. Der Auftritt hat ihm gutgetan. Er geht beschwingter. Ein Lächeln umspielt seine Lippen.

Eine Frau kommt ihm entgegen. Sie hat einen Traumfänger. Ein filigranes Netz ist in einen Ring geflochten. Daran hängen Federn. „Möchtest du deine Träume fangen?"

- „Das wäre eine Möglichkeit", sagt Golo.

Ein Mann erreicht den Strand. „Du hast einen Traumfänger. Könnte ich ihn einmal ausprobieren?"

Sie hängt ihn an den Mittelfinger seiner ausgestreckten Hand. „Du darfst ihn gern benützen."

Er dreht sich im Kreis, führt den Fänger wie einen kleinen Drachenflieger. Die Federn wachsen, werden größer, verwandeln sich in fliegende Türen. Sie haben alle Farben des Regenbogens. „Das ist das Strandhaus, von dem ich manchmal träume", fällt ihm ein, „es ist höchste Zeit, einmal eine Tür zu öffnen und einzutreten." Er wählt die himmelblaue Tür, tritt ein, verschwindet.

Die Frau folgt ihm. „Ich muss dafür sorgen, dass er sich nicht im Traum verliert." Als sie eingetreten ist, löst sich das Strandhaus auf.

Golo steht wieder allein am Strand, setzt seinen Weg fort. Eine mannsgroße Schachfigur, ein Läufer holt ihn ein. Er läuft geradeaus, als würde er einer unsichtbaren Linie folgen. „Bist du auch am Laufen?" fragt er.

- „Nicht so schnell wie du", antwortet Golo, „ich gönne mir viel Zeit, um die Landschaft, die den See umgibt, zu betrachten. Ich bin auch gern mit Menschen im Gespräch. Es interessiert mich, was sie bewegt und wovon sie träumen."

„Mich interessiert der hindernisfreie Weg", gesteht der Läufer, „dass ihn mir ja nichts verstellt. Ich lebe nämlich vom Laufen."

Golo wundert sich. „Aber jetzt bleibst du doch stehen und redest mit mir. Bin ich dir im Weg? Soll ich beiseitetreten?"

„Damit würdest du mir den größten Wunsch erfüllen", sagt er, „wenn nichts läuft, schlafe ich gleich ein, wäre ein Schläfer, anstatt ein Läufer."

- „Schlafen ist doch auch gut", meint Golo, „da kannst du dich erholen."

„Das ist bei mir genau umgekehrt", berichtet der Läufer, „ich erhole mich beim Laufen, während mich das Stehenbleiben stresst, vom Liegen gar nicht zu reden."

Golo weicht ihm aus. „Dann mache ich dir gern Platz, damit du das Laufen genießen kannst."

„Das tu ich allerdings", betont er, läuft in schnurgerader Linie weiter.

Golo beschattet das Auge mit einer Hand, blickt ihm nach.

„Er muss es furchtbar eilig haben", sagt er sich, hört hinter sich ein Wiehern.

Ein Pferd trabt tänzelnd an den Strand. Es wirft den Kopf auf, schnaubt, schüttelt die Mähne. Ihm folgt eine Frau, fragt: „Hat es dich erschreckt?"

Golo sagt: „Überrascht hat es mich schon. Es laufen nicht überall Pferde frei herum."

„Mein Pferd ist etwas wild", räumt sie ein, „bleibt jedoch immer in meiner Nähe. Es stammt von Rennpferden ab, aber ich würde mit ihm nie an ein Pferderennen gehen."

- „Reitest du?" erkundigt sich Golo.

„Nie selber", entgegnet sie, „es macht mir Freude, Menschen beim Reiten zuzusehen, wie sie sitzen, ob sie freihändig reiten oder sich an der Mähne festhalten."

„Hat es noch niemanden abgeworfen oder ist so schnell galoppiert, dass die Reitenden Angst bekamen?" will Golo wissen.

„Es spürt genau, wer auf ihm sitzt und richtet sich nach ihm. Viele Worte reichen nicht aus, um die gute Beziehung zu schildern. Du solltest sie selber erfahren."

Ein Mann fegt zum Ufer. Er trägt einen Klappstuhl. „Ihr wollt reiten? Das Pferd hat weder Sattel noch Steigbügel und ihr fragt fieberhaft, wie ihr auf seinen Rücken gelangt?" Er stellt den Klappstuhl neben dem Pferd auf. Da sich weder die Frau noch Golo regen, besteigt er den Stuhl selber und schwingt sich auf den Rücken des Pferdes.

„Es geht doch", bemerkt er nicht ohne Stolz. Das Pferd trabt mit ihm davon.

Die Frau schlägt vor: „Gehen wir ihm nach und schauen, wohin es ihn trägt." Sie folgt dem Pferd.

Golo geht in die entgegengesetzte Richtung, wo der Wald zum See vorstößt. Im Heckenband singt ein Zaunkönig: „Es gibt einen Leoparden aus Stein." Er führt Golo immer tiefer in den Wald hinein, wo er den steinernen Leoparden findet. Der Zaunkönig fordert ihn auf: „Berühre ihn mit deiner Hand."

Golo legt nur einen Finger auf den Stein. Da bewegt sich der Leopard, gewinnt Farbe und Leben, streckt und räkelt sich, wie wenn er aus einem langen Schlaf erwacht wäre. „Du hast mich gerettet." Seine Bewegungen werden geschmeidiger. „Ich war lange versteinert. Es brauchte nur diese Berührung. Jetzt bin ich wieder im Leben. Zum Dank zeige ich dir einen Tonkrug." Er geht voran. Lichtflecken tanzen auf seinem gesprenkelten Fell.

Zwischen den Wurzeln eines knorrigen Baums liegt ein Tonkrug. Der Leopard sagt: „Nimm ihn mit. Er könnte von Bedeutung sein." Dann entschwindet er auf flinken Beinen im Unterholz.

Unschlüssig, was er tun soll, steht Golo vor dem Tonkrug. Eine Frau geht in Schleifen durch den Wald. „Ist das dein Krug?"

„Er liegt da. Und ich weiß noch nicht, ob ich ihn aufheben oder liegen lassen soll", antwortet Golo.

Sie ist rasch entschieden. „Dann hebe ich ihn auf."

Sie wandern durch den tiefgrünen Wald. Efeu überzieht die dicken Stämme.

Ein Mann hastet auf einem schmalen Pfad. Er trägt eine Tüte. „Gerne würde ich sie gegen euren Tonkrug tauschen, wenn ihr einverstanden seid."

Die Frau guckt Golo an. „Du bist gefragt. Das musst du

entscheiden."

- „Was ist in der Tüte?" erkundigt er sich.

Der Mann zeigt ein glückliches Gesicht, greift einen gips-weißen Stein heraus. „Das sind Malsteine. Du kannst sie überall anwenden, auf der Straße, an einer Mauer, wo dich gerade die Lust ankommt."

„Das ist ein Tausch wert", findet die Frau. Sie gibt dem Mann den Tonkrug und übernimmt die Tüte.

„Hier im Wald könnt ihr die Steine nicht so gut brauchen", sagt er, „es sei denn, ihr wollt die Stämme verkritzeln." Sie hebt abwehrend die Hand. „Davon sind wir weit ent-fernt. Wir werden den Wald verlassen und eine geeignete Wand suchen."

Der Reiher auf der Grasinsel

Nick und Golo wandern durch den Wald, bis sie an einen Bach mit einem Wasserfall gelangen. Er braust. Beim Felsen steht ein Mann mit Farbe und Pinsel, fragt:

„Darf ich euch eine Tür malen?"

- „Du willst auf den Felsen eine Tür malen?" vergewissert sich Nick.

„Das habe ich vor", bestätigt er, taucht den Pinsel in die Farbe und lässt mit wenigen Strichen eine Tür entstehen. Er legt den Pinsel ab, drückt die Klinke, öffnet die Tür.

„Wer möchte zuerst eintreten?"

Nick tritt als erster ein, findet einen schmalen Gang, der ins Innere des Felsens führt. Da Golo zögert, geht der Mann selber hinein. „Die Tür ist offen. Komm nach, sobald du dich entschließen kannst."

Eine Frau kommt strahlend auf Golo zu. Sie hat eine Tasche in der Hand. „Hast du die Tür gemalt?"

Er berichtet: „Das war ein Mann, der sie malte. Mein Freund Nick ist mit ihm hineingegangen."

Sie mustert seine Sandalen. „Sie wirken ein bisschen ausgetreten." Sie öffnet die Tasche. „Ich hätte neue Sandalen für dich. Willst du sie anprobieren?" Sie stellt sie etwas abseits vom Wasserfall auf eine Felsenplatte. Golo setzt sich, zieht die alten Sandalen aus, schlüpft in die neuen. Er geht ein paar Schritte, ist sehr zufrieden. „Sie passen gut. Es gibt keine Druckstellen."

Die Frau sagt: „Das gibt ein großes Behagen. Die Sandalen passen dir von Anfang an."

Ein Mann nähert sich mit federnden Schritten. „Habt ihr alte Sandalen? Ich würde sie gern flicken, mit neuen Sohlen versehen."

Golo übergibt ihm die alten, dankt ihm. „Durch den Gebrauch nutzen sich Schuhe ab. Da ist es ein gutes Angebot, sie wiederherzustellen."

Die Frau fragt: „Hast du eine Werkstatt?"

„Ich zeige sie euch gern", bietet der Mann an. Er geht mit der Frau den Weg hinunter, der den Gießbach säumt. Sie bleibt stehen, dreht sich nach Golo um. „Wie steht es mit dir?"

„Ich erkunde zuerst die Umgebung des Wasserfalls", antwortet er, stößt auf einen kleinen Pfad, der durch die Felsen führt. Von Becken zu Becken rauscht das Wasser, strudelt um Steinbrocken.

Eine Frau hat vor einer Felsengrotte einen breiten, königsblauen Liegestuhl aufgestellt, fragt: „Möchtest du dich ausruhen?"

„Das könnte später eine gute Idee sein", erwidert Golo, „im Moment fühle ich mich durch den sprudelnden Gießbach sehr angeregt."

Ein Mann schreitet langsam. Er trägt einen Rucksack, zieht ein meerblaues Daunenkissen daraus hervor. „Der Liegestuhl sieht gut aus. Soll ich das Kissen darauflegen?"

„Unbedingt", findet sie, „farblich sind das Kissen und der Stuhl ausgezeichnet aufeinander abgestimmt."

Er bettet es beim Kopfende, streicht es glatt. „Farben sind wichtig, aber es sollte auch jemand die Ruhe genießen."

Die Frau legt sich hin, lässt den Kopf ins Kissen sinken. „Das ist wirklich sehr angenehm."

- „Darf ich mich zu dir legen?" fragt er freundlich. Sie ruckt zur Seite. „Wir finden bequem Platz."

Während sie sich behaglich ausstrecken, steigt Golo den Felsenweg hinauf. Murmelnd fließt das Wasser um die Steine. Er gelangt zu einem Felsenbecken. Von Auge ist es schwer auszumachen, wie tief es ist.

Eine Frau wandelt am Ufer. „Würdest du ins Becken springen, ohne zu wissen, wie tief es ist?"

„Das fände ich gefährlich", antwortet er. Ein Mann langt an. „Ich tauche gern."

Er zieht die Kleider aus, steigt ins Becken und taucht hinab. Er kehrt an die Oberfläche zurück. „Es ist schwer einzuschätzen, vielleicht sind es 3 Meter."

Er legt sich auf den Felsen, lässt sich von der Sonne trocknen. „Es ist alles vorhanden, ein Bad, die Sonne, der warme Stein."

Golo geht weiter. Eine Frau malt Porträts auf Fingerhüte. Sie fragt ihn: „Darf ich dich auf einen Fingerhut malen?" Er setzt sich. „Malst du von allen Menschen, die vorbeikommen, ein Porträt?"

Sie malt ihn mit wenigen Pinselstrichen. „Das ist meine Leidenschaft. Möchtest du den Fingerhut mit deinem Bild?"

- „Lieber nicht", sagt er, „ich gehe gern ohne Gepäck."

„So riesig ist ein Fingerhut nun auch wieder nicht", findet sie, aber es gelingt ihr nicht, ihn umzustimmen.

Zurück auf dem Weg am Bach findet er eine Feder am Boden. Es ist eine Falkenfeder.

Ein Mann fragt: „Darf ich sie haben? Ich sammle Federn."

Golo schenkt sie ihm. Er ist glücklich, die Feder gefunden zu haben. Behalten will er sie nicht. Darum gibt er sie gern weiter.

Der Bach windet sich durch die Felsen. Golo horcht, hört das Wasser rieseln.

Eine Frau legt 2 Zeitungen auf eine Felsenplatte. „Beide sind Ausgaben vom heutigen Tag. Du könntest meinen, dass sie genau gleich sind. Wenn ich sie jedoch nebeneinander oder aufeinander lege, finde ich immer Unterschiede. Da ist zum Beispiel ein Falt, den die andere nicht hat. Oder eine umgeknickte Ecke. Wie dem auch sei, sie sind nie gleich. Es gibt die obere und die untere, die rechte und die linke Zeitung."

Golo will wissen: „Warum beschäftigst du dich mit 2 Zeitungen? Warum liest du nicht einfach eine?"

- „Es war vermutlich ein Versehen. Ich fand 2 Zeitungen im Briefkasten, verfiel auf den Gedanken zu schauen, ob sie genau gleich oder verschieden sind. Zunächst hatte ich angenommen, ich würde keinen einzigen Unterschied ausmachen können. Jetzt sehe ich fast nur noch, wo und wie sie ungleich sind."

Sie hält inne. „Darf ich dir eine Zeitung geben? Ich möchte mich wieder mit etwas anderem beschäftigen."

Die Schritte eines Mannes werden kürzer. „Verteilt ihr Zeitungen? Sehe ich das richtig?"

„Nur eine", verdeutlicht sie, „ich habe sie heute doppelt bekommen."

Der Mann nimmt ihr eine ab. „Das trifft sich gut." Vergnügt klemmt er sie unter den Arm, geht weiter. „Ich bin heute noch gar nicht dazu gekommen, die Zeitung zu lesen."

Die Frau setzt sich auf die Felsenplatte. „Willst du mit mir lesen?"

Golo sagt: „Zuerst möchte ich mir die Landschaft rund um den Bach ansehen."

Die Zweige der Uferbäume berühren sich. Über dem Wasserlauf schwirrt eine Libelle. In den Klang des Bachs mischen sich Stimmen. Sie gehören einer Frau und einem Mann, die auf einer Felsenplatte Pläne ausgerollt haben. Die Ecken haben sie mit Steinen beschwert. Sie schauen auf, als sie Golo bemerken.

„Deine Meinung interessiert uns", erklärt die Frau, „wir planen ein neues Verlagshaus."

Der Mann deutet auf den Plan, der vor ihm liegt. „Ich bevorzuge ein kleines Verlagshaus. Es sollte kompakt gebaut werden und nur die wichtigsten Räume enthalten."

Die Frau stellt kurz das Wesentliche ihres Plans vor. „Das neue Verlagshaus sollte auch Räume für Lesungen und kulturelle Veranstaltungen beherbergen, ein Restaurant, eine Galerie." Sie guckt Golo an. „Wie siehst du das? Würdest du uns das kompakte oder das erweiterte Projekt empfehlen?"

Er überfliegt die Pläne. „Darf ich etwas fragen?"

„Wir bitten dich darum", lädt sie ihn ein.

„Warum sind auf den Plänen nur wenige Bäume eingetragen? Könnte der Neubau Gelegenheit bieten, möglichst viele zu pflanzen?" will Golo erfahren.

„Mehr Bäume", notiert der Mann.

Die Frau trägt sie gleich mit Bleistift in den Plan ein. „Sie gehören unbedingt dazu."

- „Dürfen wir dir das Gelände zeigen?" fragt der Mann.

„Ein andermal gern", erwidert Golo, „im Moment erkunde ich den Bachlauf."

Das Wasser gluckert. Glasklar sprudelt der Bach über die Felsstufen.

Ein Mann in einem taubengrauen Anzug weicht einem Steinbrocken aus, mustert Golo aufmerksam. „Wir haben die gleiche Größe. Ich würde gern mit dir die Kleider tauschen."

Golo hebt den Kopf. „Sicher findest du genug Kleider in deiner Größe. Warum besorgst du dir nicht neue?"

Der Mann erklärt: „Ich habe deine gesehen. Sie gefielen mir auf Anhieb. Darum möchte ich sie tragen."

Golo breitet die Arme auf Schulterhöhe aus. „Mir gefallen sie auch. Ich möchte sie keineswegs tauschen."

Der Mann rückt das Jackett seines Anzugs zurecht. „Wie gefallen dir meine Kleider? Wäre das nicht eine Chance für dich, darin aufzutreten?"

- „Auf seine Weise ist alles eine Chance", erwidert Golo, „auch wenn ich mich in den eigenen Kleidern bewege."

Der Mann schlägt den Weg ins Tal ein. „Lass es dir noch einmal durch den Kopf gehen. Wenn wir uns wiedersehen, bist du vielleicht zum Tausch bereit."

Golo folgt dem Felsenpfad, der ihn zu 2 Becken führt. Ins obere ergießt sich der Wasserfall, schlägt Wellen. Das Wasser überläuft ins untere Becken, das ruhig den Himmel spiegelt.

Eine Frau durchquert den Felsenhang. Sie packt einen Malblock aus dem Rucksack. „Möchtest du die beiden Becken zeichnen? Im oberen sind es die wilden Wellen, die Gischt des Wasserfalls, die den Blick auf sich ziehen.

Durchs untere Becken strömt das Wasser ruhig, an der Oberfläche ist kaum der Anflug einer Bewegung zu sehen."

- „Willst du es nicht selber zeichnen?" fragt Golo.

Sie gibt ihm den Block und einen Stift. „Lieber hätte ich das Bild von dir. Es würde mich freuen, wenn ich dir über die Schulter blicken und zuschauen darf, wie es entsteht. Das macht mir mehr Freude, als es selber zu malen." Golo setzt sich auf einen runden Felsen, lässt den Stift über das Papier gleiten. Mit wenigen Strichen hat er die Wellen des oberen Beckens skizziert. Das untere Becken deutet er nur mit der rund verlaufenden Uferlinie an. „Ist es der gleiche Bach, der sich so wild und ruhig gebärdet? Man würde es kaum für möglich halten."

Als er fertig ist, nimmt sie den Block wieder an sich. „Nun können wir es betrachten. Das Bild lebt davon, dass wir es anschauen. Wie soll ich es ausstellen? Soll ich es vom Block abtrennen oder daran lassen?"

Golo steht auf. „Zunächst würde ich gern sehen, wie der Bach über dem Wasserfall verläuft. Das Bild könnten wir später betrachten."

Sie klappt den Block zu, versorgt ihn mit dem Stift im Rucksack. „Ich begleite dich."

Ein Serpentinenweg führt über den Wasserfall hinaus. Einzelne Wassertropfen klatschen auf den Stein. Über dem Felsenhang plätschert der Bach durch das gewundene Bett. Ein Reiher landet auf einer Grasinsel, legt die Flügel an.

Der Rosenpavillon

In einem parkähnlichen Garten steuert das Taubenschwänzchen wie ein kleiner Kolibri im Schwirrflug
eine Lichtnelke an. Neben weitkronigen Bäumen steht
der Neubau eines Verlagshauses. Noch ist kein Raum
bezogen. Die Türen stehen offen. Nick und Golo spazieren
durch die Räume, sehen sich um.

„Ich kann schon etwas vorausahnen vom geschäftigen
Treiben, das hier bald beginnen wird", sagt Nick, hebt die
Nase, atmet ein.

Als sie das Gebäude verlassen, kommt eine Frau vom
Nachbargrundstück. „Seid ihr meine neuen Nachbarn?"
fragt sie.

Nick erwidert: „Wir sehen uns nur ein wenig um, schnup-
pern die Luft, bevor der Betrieb losgeht."

Die Frau reibt sich die Hände. „Ich wollte schon immer in
der Nähe eines Verlagshauses leben, hätte nie gedacht,
dass sich mein Wunsch so schnell erfüllen würde."

- „Was versprichst du dir von der Nachbarschaft?" will
Golo wissen.

Sie schwärmt: „Ganz nah am Ort zu sein, wo Bücher
entstehen, das hat für mich etwas von der Magie eines
Bienenhauses. Aus der ganzen Umgebung wird Nektar
gesammelt, eingeflogen. Und dann, es ist wie eine Art
Honig, entsteht das fertige Buch." Neben dem Neubau
steht ein Garderobe-Schaustellerwagen. Ein Mann öffnet

die Tür. „Habt ihr mit dem Verlag zu tun? Dann holt euch pinkfarbene Kleider."

- „Dürfen wir uns auch aus purer Neugier in der Garderobe umsehen?" erkundigt sich Nick.

Der Mann wiegt den Kopf. „Alles ist erlaubt. Aber wenn ihr schon hineingeht, könnt ihr euch doch Stück für Stück neu einkleiden."

Die Frau steigt die kleine Treppe hoch, tritt in den Wagen. „Gibt es auch pinkfarbene Schuhe?"

„Schuhe, Strümpfe, Halstücher, was ihr wollt", zählt der Mann auf, „die Auswahl ist riesig. Ihr könnt euch ganz pink ausstaffieren."

Nick trippelt über die Treppe. „Ich werde mich von Kopf bis Fuß pinkfarbig anziehen", nimmt er sich vor.

Der Mann wendet sich an Golo: „Was hast du vor?"

Golo blickt sich um. „Ich sehe mir die Umgebung des Neubaus an." Er gelangt in einen Park mit Bänken, Blumenbeeten, Hecken. Blühende Büsche ranken sich über ihm. Ein schmaler Fußweg führt zum See hinunter. Das Wasser schimmert lichtgrün und funkelblau. Kleine Wellen rollen auf dem Sandstrand aus, wo ein Ufo gelandet ist.

Eine Frau sitzt neben der Ausstiegsluke. „Ich bin soeben angekommen. Es tut durchaus gut, ab und an mal barfuß zu gehen."

Sie zieht die Schuhe aus. „Wie steht es mit dir? Ziehst du die Sandalen auch aus?"

Golo löst die Riemen der Sandalen, geht mit ihr barfuß durch den Sand. Anrollende Wellen füllen die Spuren mit Wasser, löschen sie.

Die Frau setzt sich in den Sand. „Wir lassen die Füße von der Sonne trocknen. Setz dich zu mir."

Golo nimmt Platz. „Hat es auf deinem Planeten auch einen See und Sand?"

- „Du solltest mit mir fliegen und ihn dir ansehen", lädt sie ihn ein, „ich könnte dir alles zeigen."

„Ich bin gern zu Fuß und in der Nähe unterwegs", bekennt Golo, aber er bedankt sich für die freundliche Einladung.

Die Frau reibt den Sand von den Fußsohlen, schlüpft in die Schuhe. „Gibt es eine Art Botschaft, die du mir mitgeben möchtest? Oft interessiert es meine Freunde, was die Menschen anderer Planeten wichtig finden."

Golo zieht die Sandalen an. „Es könnte eine gute Idee sein, allen Lebewesen Sorge zu tragen", sagt er nach kurzem Nachdenken.

Sie hält das für eine gute Botschaft, kehrte zum Ufo zurück. Mit einem schalkhaften Unterton in der Stimme vergewissert sie sich. „Es bleibt dabei? Du fliegst nicht mit?"

„Ich bleibe lieber hier", bestätigt er, tauscht ein Lächeln aus.

Sie klettert in die Luke, winkt zum Abschied, schließt sie. Lautlos hebt das Ufo ab, gewinnt in einer weiten Schleife über den See Höhe, taucht ins helle Blau des Himmels ein. Golo späht, bis er es aus den Augen verliert.

Nick kommt in Begleitung eines Manns an den Strand. „Ich habe gedacht, dass wir dich am See finden würden." Er trägt einen pinkfarbenen Anzug. Hut, Schuhe, Socken sind ebenfalls pink.

Der Mann, der ihn begleitet, ist vom Verlag. „Wenn wir das neue Haus bezogen haben, geben wir Bücher heraus. Wir lassen uns schon im Vorfeld immer wieder etwas Neues einfallen."

- „In der Zwischenzeit gehe ich spazieren", entscheidet Golo. Auf schmalem Pfad durchquert er eine Blumenwiese. Hüfthoch wiegen die Grashalme im Wind. Ein Schachbrettfalter flattert zu einer Witwenblume. Um Golo fliegt ein Admiral. Eine Frau kommt ihm entgegen, fragt: „Was machst du?"

Er zeigt ihr sein Notizbuch. „Ich schreibe Notizen und kleine Aufzeichnungen."

- „Ist gut", sagt sie, „willst du meine Geschichte aufzeichnen?" Sie erzählt: „Vor einer Woche machte meine Tochter eine Zeichnung."

- „Was für eine Zeichnung?" erkundigt er sich.

„Sie zeichnete ein Einhorn unter einem Regenbogen. Und heute sah ich einen Regenbogen. Er schillerte wunderbar vor der dunklen Wolke."

Golo notiert die Geschichte. „Es wäre schade, wenn sie vergessen ginge."

Wenige Schritte weiter trifft Golo einen Mann. Er berichtet: „Mein Sohn hat unlängst einen Saurier gezeichnet. Kürzlich waren wir im Zoo. Der Schatten der Giraffe sah wie dieser Saurier aus."

Golo notiert auch diese Geschichte.

Eine Frau, die auf ihn zukommt, sagt: „Meine Tochter malte heute zum ersten Mal mit Bienenwachsstiften." Sie öffnet ihre Tasche, zeigt Golo ein Blatt mit Linienkringeln.

Golo ist beeindruckt, beschreibt in seinem Notizbuch die Kringel als Haare im Wind.

Auf der Landstraße spielt ein Kind mit dem Ball. Ein Mann

muss anhalten, steigt vom Rad, schaut ihm zu. Golo fertigt eine kurze Notiz an. Die Achtsamkeit des Radfahrers gefällt ihm.

Dann tritt Golo in den Wald, betrachtet die Lichtkringel und Schattenspiele auf dem Waldboden, welche die durch die Wipfel einfallenden Sonnenstrahlen werfen. Eine Waldvogellilie blüht. Eine Frau will die Blume aufnehmen. „Eine Frage des Ausschnittes, eine Frage des Lichts." Ihr gefällt die Blüte. „Ich weiß, dass ich nah herangehen muss." Lange rätselt sie, wie die Blume wohl am besten zur Geltung käme. Schließlich entscheidet sie sich für eine Aufnahme im Gegenlicht. „Es entwickelt einen eigenen Zauber."

In der Stadt betritt Golo eine Frühstücksbar, fragt die Besitzerin, ob sie für jeden Gast das Frühstück zubereiten würde. Sie sagt, sie würde verschiedene Zutaten bereitstellen und anbieten, dass sich die Gäste das Frühstück selber zusammenstellen können. „Sie wählen die Flocken und Früchte fürs Müesli aus, das Brot, den Aufstrich, welche Butter, welche Konfitüre, welchen Honig. Auch bei den Getränken ist die Auswahl riesig. Das Buffet bietet so reichlich Möglichkeiten für ein individuelles Frühstück." Golo bestaunt die Auslage in den verschiedenen Vitrinen. Neben der Frühstücksbar befindet sich ein Antiquitätengeschäft. Ein Mädchen und seine Mutter stöbern in der Auslage auf dem Trottoir. In einem Kartenständer findet es eine Karte. Sie zeigt eine Radfahrerin. Am Himmel über ihr prangt ein rotes Herz. Es beginnt zu leuchten, wenn das Mädchen den Finger darauf drückt. Das gefällt ihm. Die Frau kauft die Karte. Das

Mädchen führt Golo vor, wie sie das Herz zum Leuchten bringen kann.

Im Kino nebenan läuft gerade ein Film. Der Kassenraum ist nicht besetzt, und so schreitet Golo weiter in die Tiefe des leeren Saals, schaut sich um. Auf der Leinwand erscheinen Hände in Großaufnahme, die mit einem Messer ein Stück Brot abschneiden. Sie gehören einer Frau, wie die rauszoomende Kamera zeigt. Sie legt das Messer ab, kehrt Golo die Handrücken zu, winkt ihn heran. Er geht durch den Saal, klettert auf den Bühnenaufbau. Die Frau streckt eine Hand aus der Leinwand, reicht ihm das Brotstück. Er schiebt es in den Mund, kostet es. Es ist ein würziges Vollkornbrot. „Danke", sagt er.

Die Frau nickt ihm zu, ergreift das Brot und das Messer, verschwindet in der Tiefe einer Steppenlandschaft.

Golo verlässt das Kino, isst das Brot genüsslich. Ein Mann fragt ihn: „Willst du unseren Proberaum besuchen?" Golo sagt Ja, folgt ihm zu einem turmartigen Altstadthaus. Der Proberaum befindet sich in einem saalähnlichen Raum, der das ganze Erdgeschoss einnimmt. 2 Frauen spielen Gitarre. Der Mann nimmt die Bassgitarre vom Ständer, zupft die Saiten. Golo bewegt sich, wippt im Rhythmus, klatscht, als das Stück zu Ende ist.

Vom Altstadthaus führt ein Weg zur Höhe über der Stadt. Er erinnert ans Bett eines Wildbachs, der von Wasserfall zu Wasserfall über wandartige Felsstufen ins Tal stürzt. Unbekümmert nimmt Golo Stufe um Stufe in Angriff, gelangt auf der Höhe zu einem runden Erdhügel, der mit einer blauen Plane bedeckt ist. Eine Frau trifft ein, bringt eine Rose in einem Topf, eine kleine Schaufel und eine

Gießkanne. Sie hebt die Plane ab, pflanzt die Rose in den Erdhügel ein und gibt ihr Wasser. „Möchtest du auch gießen?" fragt sie.

Golo nimmt ihr die Kanne ab, gießt. „Für wen ist die Rose?" „Für meine Mutter", antwortet sie, drückt die Erde an. Er stellt die Kanne ab, geht durch den Südhang, bis er vor ein Haus kommt. Im Garten stehen Tische mit Notizenbeigen. Ein Mann berichtet: „Ich möchte ein Buch herausgeben. Kannst du mir beim Sortieren helfen?" Golo lässt sich die Anordnung erklären. Für das Buch wählt der Mann die gelb gefärbten Blätter aus. Sie sind mit Seitenzahlen versehen. Golo geht achtsam damit um, richtet für die gelben Seiten neue Beigen ein. Die Frau und die Tochter des Manns kommen aus dem Haus, beteiligen sich. Sie ordnen die Beigen mit den gelben Seiten. Zu viert haben sie schon bald das umfangreiche Manuskript zusammengestellt. Der Mann trägt es ins Haus. Die Frau lädt Golo zum Essen ein: „Willst du mit uns essen? Das hast du verdient."

Golo sagt: „Gern ein andermal." Er verabschiedet sich, quert den Südhang. Ein Taubenschwänzchen schwirrt vor einer Windenblüte. Golo gelangt vor einen Gartenpavillon. Er ist ganz von Rosen überwachsen. Golo atmet den Duft. Eine Frau beschäftigt sich mit dem Zurückschneiden der Ranken. „Im Inneren des Pavillons ist der Duft noch intensiver." Sie macht eine einladende Handbewegung.

Golo tritt ein, taucht in eine Duftwolke.

Die Frau fragt: „Möchtest du etwas schreiben?" Golo fragt zurück: „Woran denkst du?"

„An eine Briefkarte oder einen Brief", erwidert sie, „ich könnte dir meine riesige Auswahl zeigen." Golo riecht an einer Blüte. „Danke vielmals! Im Moment benütze ich das Notizbuch, schreibe alles auf, was ich sehe, höre, was mir gefällt oder in den Sinn kommt."

Das Paradies wächst aus der Wand

Wegwarten säumen den Wiesenpfad. Ein Trauermantel landet vor Golo im Gras, fliegt auf, setzt sich wieder auf den Pfad, scheint ihn zu begleiten oder zu führen. Am Stadtrand sieht er einen Laden mit Jeans an Garderobenständern. Eine Frau fragt ihn, welche er anprobieren möchte. Golo sagt: „Noch passen mir die alten."

Er horcht auf. Stimmengewirr dringt an sein Ohr. Er wird neugierig, geht zum großen Platz vor dem Rathaus, wo sich eine Menschenmenge versammelt hat. Er fragt einen Mann: „Was ist los? Was habt ihr vor?"

Der Mann scharrt mit den Füßen. „Wir bereiten einen Demonstrationszug vor." Er drückt Golo ein Buch mit einem grünen Umschlag in die Hand. „Das musst du unbedingt lesen."

Golo dankt, schreitet quer durch die Menge. Das Durchkommen ist schwierig. Die Menschen stehen dicht an dicht, gestikulieren, sind sehr aufgebracht.

Eine Frau spricht ihn an: „Ich habe schon viel über das grüne Buch gehört und gelesen. Darf ich einmal darin blättern?"

Er überlässt es ihr. „Ich gebe es gerne weiter."

Durch eine Gasse gelangt Golo auf einen kleinen Platz in der Altstadt. Dort sitzt ein Junge auf dem Boden, malt mit Farbstiften reihenweise Kreise in sein Malbuch. Er versieht sie mit Zahlen. „Die 1 ist am Anfang, und es werden immer mehr." Golo schaut ihm zu. Der Junge setzt die Reihe bis 10 fort, dann beginnt er eine neue.

Golo spaziert weiter, kommt zu einem Schwimmbecken, worin ein Mann mit Crawlen das Wasser pflügt. Er unterbricht sein Training, holt tief Luft, setzt sich auf den Beckenrand. „Ich trainiere für den Wettkampf. Es macht mir Spaß, der Schnellste und Beste zu sein." Er hat breite Schultern und kräftige Muskeln. Nach einer kurzen Dehnungsübung setzt er das Training fort.

Auf dem Sprungturm steht ein Mann. Er ruft Golo zu: „Du solltest einmal springen. Es ist wie Fliegen." Er breitet die Arme aus, macht einen Kopfsprung, taucht auf. „Willst du es auch versuchen?"

- „Im Moment lieber nicht", gesteht Golo. Er sieht einen Schwalbenschwanz vom Sommerflieder auffliegen, folgt ihm, gerät vor eine kleine Abtei. Das Hauptgebäude und der Kamin sind aus Natursteinen gebaut. Ein Mann stellt die Leiter an. „Ich überprüfe das Steindach", erklärt er. Durch eine ungeschickte Drehung prallt die Leiter gegen den Kamin. Der turmartige Aufbau wird dadurch zerstört. Der Mann richtet die Leiter neu aus, steigt hinauf.

„Der Schaden sieht ärger aus als er ist", meint er, „ich werde ihn gleich reparieren."

Im benachbarten Baumgarten gehen eine Frau und ein Mann Kirschen pflücken. „Es ist besser, beim Pflücken nicht zu viele in den Mund zu stecken", mahnt sie. „Man bemerkt erst hinterher, wenn man sich ein bisschen übernommen hat", fügt der Mann bei. Sie will Golo mit einer Handvoll Kirschen aus dem Korb beschenken.

Golo sagt: „Ich möchte nur eine kosten. Im Moment bin

ich noch nicht so hungrig." Er pflückt eine Kirsche. Sie schmeckt fruchtig und süß.

Ein Weg führt um den Baumgarten herum zu einem Haus, das wie ein großes Kuchenstück in der Landschaft steht. Ein Mann hält sich vor der Spitze auf. „Ich stehe gerne hier. Alle Leitungen, Strom und Wasser, sogar die Dachtraufen laufen an diesem Punkt zusammen. Ich habe das Gefühl, am Puls des Hauses zu sein und genieße es. Wenn ich mich davon entferne, habe ich für einen Moment kalt, wie wenn ich den Platz am Ofen verlassen würde. Willst du dich neben mich stellen? Es nimmt mich wunder, wie du es erlebst."

Golo tritt näher. „Das wäre ein Versuch wert. Stehe ich richtig? Meinst du diesen Ort?"

Der Mann bestätigt: „Genau! Jetzt solltest du die Energie spüren."

Golos Zehenspitzen kribbeln. „Ganz vorn, an den Fußspitzen macht sie sich bemerkbar."

Eine Frau kommt aus dem Haus. „Hast du die Energie gespürt?"

Golo spielt mit den Zehen. „Ihr habt ein energiereiches Haus."

„Meine Küche ist ein Wunder", schwärmt die Frau, „möchtest du sie ansehen?"

Er sagt zu und lässt sich die Küche zeigen. Aus glänzenden, weißen Elementen besteht sie. Die Geräte, Maschinen, Kühlsysteme und Kochgelegenheiten sind raumschiffartig in einzelnen Buchten eingebaut. Eine Tür führt direkt zum Gartensitzplatz hinaus. Die Frau bietet Golo einen Orangensaft an. Er dankt, sagt: „Im Moment habe ich keinen Durst."

Vom Gartensitzplatz zweigt ein kleiner Weg zu einem Wiesenpfad ab, wo ein Segelfalter um einen Sommerflieder flattert.

Er begegnet einem Mann, der ihm das Tor seines Hauses zeigt. Das Holz ist sonnenverbrannt, und der Rahmen ein wenig lotterig. „Sollte man ein neues Tor vorsehen?" fragt er.

„So lange es sich öffnen und schließen lässt, hat es vorderhand keine Eile", meint Golo.

Weiter führt der Weg zu einer Baustelle. Arbeiter fügen Holzteile zusammen, darunter auch große Bambusrohre. „Es wird ein eigenartiges Haus", sagt ein Arbeiter.

In der Nachbarschaft ist ein Neubau überraschend schnell fertig geworden. Ein Mosaik verziert die Fassade.

„Das Paradies wächst aus der Wand", schwärmt eine Frau, „es wächst immer weiter und wird die Welt, die uns umgibt."

Am Rand des verwilderten Graslandes kommt Golo zu 2 Schaustellerwagen. Der erste dient als Wohnwagen. Eine Frau öffnet die Tür, steigt die Treppe hinunter. Sie klappt beim zweiten Wagen die Elemente der Seitenwand hinunter, zieht den Vorhang auf. „Siehst du, wie schnell wir unsere Wanderbühne spielbereit machen können?"

Golo anerkennt: „Es geschieht im Handumdrehen."

Im Bühnenhimmel, zwischen den Scheinwerfern ist ein Blatt aufgehängt, eine Buchseite.

Die Frau weist auf einen kleinen Schrank im Backstagebereich. „Da bewahren wir unsere Wertsachen auf. Der Schrank hat weder Schloss noch Riegel."

- „Warum zeigst du ihn mir?" wundert er sich.

„Einfach so", erwidert sie, „wir haben Vertrauen."

Sie hüpft über die Bühne. „Möchtest du mitspielen?" Golo dankt für die Einladung. „Wenn mich die Lust überkommt, melde ich mich."

Er geht weiter.

Sie ruft ihm nach: „Wir finden bestimmt eine Rolle für dich." Königskerzen und Glockenblumen säumen das Landsträßchen. Bei einer Verengung begegnet er einem Mann. „Wenn ein Auto kommt", berichtet er, „stelle ich mich breit hin. Die Lenkenden müssen anhalten, und ich verwickle sie in ein Gespräch."

- „Gäbe es nicht einfachere Möglichkeiten, mit den Leuten ins Gespräch zu kommen?" fragt Golo.

Der Mann lächelt. „Viele benützen das Landsträßchen als Abkürzung. Wenn ich sie aufhalte, verlieren sie die Zeit, die sie gewinnen möchten. Dann bleiben sie beim nächsten Mal lieber auf der Hauptstraße. Und ich schütze das Landsträßchen vor dem Durchgangsverkehr."

In diesem Moment fährt ein Auto vor, verzögert die Fahrt, hält an. Die Fahrerin lässt das Seitenfenster hinunter, lehnt hinaus. „Könntest du ein wenig beiseitetreten?"

Der Mann stellt ein Bein vor. „Bist du zufrieden mit deinem Auto?"

„Sehr", betont die Frau, „vor allem, wenn ich freie Fahrt habe. Ich nehme sogar kleine Umwege in Kauf, um den Stoßverkehr zu meiden. Im Stau zu stecken, ist für mich das größte Übel."

„Da bietet sich das Landsträßchen geradezu an", schließt er.

„Du sagst es", erwidert sie kurz, „und nun gib mir den Weg frei."

„Immer gerne", verspricht er, rührt sich jedoch nicht vom Fleck, „ich schaue mich nach einem neuen Wagen um. Da sticht mir deiner in die Augen. Braucht er viel Strom?"

„Das Doppelte der Hälfte", scherzt sie, blickt auf die Uhr, „nun muss ich wirklich weiter."

„Es gibt auf dem Landsträßchen den schönen Brauch, dass sich alle Zeit nehmen für einen kleinen Schwatz. Manchmal gibt es auch ernste Themen. Wir lassen nichts aus", erklärt er.

Sie startet den Motor. „Leider bin ich in Eile. Vielleicht sehen wir uns ein andermal."

„Das ist gut möglich", verspricht er grinsend, „ich stehe immer hier und warte auf dich." Langsam, wie in Zeitlupe gibt er den Weg frei. „Das nächste Mal erzählen wir uns Geschichten aus dem Leben. Das ist ein unermesslich reicher Schatz."

„Sicher nicht hier", bestimmt sie, fährt weiter. Der Mann wendet sich an Golo: „Wie war ich?"

- „Im Weg", sagt Golo.

„Beim nächsten Auto bist du an der Reihe", plant der Mann gutgelaunt, „mich nimmt wunder, wie lange du es aufhalten kannst."

Golo entgegnet: „Das ist nicht meine Art. Du solltest anders vorgehen, wenn du das Gefühl hast, das Landsträßchen würde vom Durchgangsverkehr überrollt."

- „Ich habe es nicht nur im Gefühl", verdeutlicht er, „da ist auch schon das nächste Auto."

Der Fahrer hält nah vor dem Mann, öffnet das Seitenfenster. „Macht es dir etwas aus, ein wenig zur Seite zu gehen?"

„Durchaus nicht", antwortet er, bleibt jedoch stehen. Mit Nachdruck fragt der Fahrer: „Könntest du das Sträßchen freigeben?"

Der Mann räkelt sich. „Hast du es eilig?"

Der Fahrer wirbt um Verständnis: „Ich bin extra aufs Landsträßchen ausgewichen, um dem stockenden Kolonnenverkehr zu entkommen. Darum möchte ich mich nicht versäumen."

Der Mann weicht zurück. „Ich bin gerade daran, dir die Kultur des Landsträßchens zu vermitteln. Alle gönnen sich hier einen Riesenbogen Zeit, um sich auszutauschen."

- „Vielleicht auch nicht ganz alle", vermutet der Fahrer und fährt los.

Golo verabschiedet sich ebenfalls. „Danke, dass ich dir zuhören durfte."

„Du darfst immer dabei sein", ruft ihm der Mann nach, „da lernst du eine Menge."

Das zweifarbige Einhorn

Golo schaut den ziehenden Wolken zu, schlägt einen Wiesenweg ein. Die Blüten der Schafgarbe schimmern rosa. Tiefrot blüht der Mohn. Hoch ragen die Gräser auf. Eine Frau sitzt in einem bequemen Sessel am Wegesrand. „Von hier sehe ich die Menschen von Weitem kommen. Ich studiere ihren Gang, stelle mir vor, was sie bewegt, warum sie hasten oder saumselig vor sich hin gehen. Beim Näherkommen lese ich aus ihrem Gesichtsausdruck. Ist jemand zu früh aufgestanden? Würde er gern noch eine Mütze voll Schlaf nehmen? Hat er etwas zu erzählen? Oder geht er mit raschem Gruß vorbei? Hat es damit sein Bewenden?"

Sie steht auf. „Möchtest du den Sessel einmal ausprobieren? Er ist ein Flugsessel und kann dich sehr weit bringen."

Golo setzt sich. „Wie soll der Sessel fliegen? Er ist doch viel zu schwer und hat keinen Antrieb."

Sie klatscht in die Hände. „Probiere ihn aus."

Der Sessel startet senkrecht, fliegt in einer weiten Schleife über die Wiese. Golo klammert sich an der Lehne fest. Zuerst steigt er fast bis zu den Wolken hinauf. Die Wiesenhänge und Waldberge verfließen zu Wellen. Dann kurvt er über einen Sesselflugplatz, wo viele Menschen in Sesseln sitzen. Er landet mitten unter ihnen.

„Verrate uns das Geheimnis", bittet ein Mann, „wir sitzen

auf den Sesseln fest."

Golo klatscht in die Hände. Sein Sessel startet wieder, fliegt über den Platz. „Klatscht in die Hände! Vielleicht hilft es!"

Eine Frau probiert es aus. Kaum hat sie geklatscht, hebt ihr Sessel auch schon ab. Sie fliegt neben Golo. „Danke für den Tipp. Er hat ausgezeichnet geklappt. Weißt du, wie wir den Sessel steuern können?"

Golo sagt: „Das habe ich noch nicht herausgefunden."

„Aber du bist doch bei uns gelandet", widerspricht sie, „das sah sehr gekonnt aus. Oder auch jetzt! Wie schaffst du es, Seite an Seite mit mir zu fliegen?"

Golo gesteht: „Ich habe keine Ahnung. Ich sitze einfach im Sessel, lasse ihn fliegen ohne ein bestimmtes Ziel."

Sie befiehlt ihrem Sessel: „Lande!"

Er verliert schnell an Höhe, setzt auf dem Flugplatz zur Landung an. Sie jubelt. „Ich habe es herausgefunden! Er gehorcht mir."

Sie zeigt den Menschen, wie sie mit Klatschen starten können. „Nachher ist es ganz einfach. Ihr befehlt dem Sessel, wohin er fliegen soll."

Schon bald tummeln sich alle Sessel über dem Flugplatz. Der Sesselschwarm löst sich auf. Die Menschen geben verschiedene Ziele an, fliegen in alle Richtungen. Ein Teil steigt tollkühn in den Himmel hinauf, andere gleiten dicht über dem Boden. Golos Sessel hält sich in mittlerer Höhe, als würde er auf eine Anweisung warten. Schließlich fordert ihn Golo auf: „Fliege zum Wiesenweg zurück."

Der Sessel steigt an, fliegt direkt zur Wiese zurück, landet am angestammten Platz. Golo springt auf.

„Für heute bin ich genug geflogen."

Im Weg liegen ein Koffer und ein Paar Socken.

Die Frau hat ihn schon erwartet. Sie hat sich in der Zwischenzeit mit einem Hörrohr und einem Schreibblock ausgerüstet. „Was könnte ich wohl hören?" Sie hält das Hörrohr ans Ohr, horcht. Dann setzt sie sich in den Sessel, schreibt: „Packe die Socken in den Koffer." Sie reicht Golo den Block. „Ich habe eine Nachricht für dich." Golo liest den Satz. „Wer sandte sie?"

Sie hebt die Schultern, springt auf. „Ich weiß nicht, woher sie kommt. Ich habe sie nur mit dem Hörrohr aufgeschnappt."

Golo öffnet den Koffer, legt die Socken hinein, blickt sich um. „Was geschieht jetzt?"

Sie horcht nochmals mit dem Hörrohr. „Jetzt darfst du den Koffer tragen."

Golo klappt die Verschlüsse hinunter. „Wohin?"

Die Frau lässt sich in den Sessel fallen. „Von einem Ziel habe ich nichts gehört." Sie klatscht in die Hände, fliegt davon.

Golo packt den Schreibblock in die Jackentasche, hebt den Koffer auf, geht Schritt für Schritt auf dem Wiesenweg, bis ihm ein Mann begegnet. „Barfuß in den Schuhen zu gehen, war keine gute Idee. Hast du Socken in deinem Koffer?"

Golo lacht. „Sogar nur Socken!" Er stellt ihm den Koffer hin. „Du darfst sie mit dem Koffer behalten."

Der Mann öffnet ihn, zieht die Socken an. „Ich glaube, wir haben die gleiche Größe." Er schlüpft in die Schuhe, klemmt den Koffer unter den Arm, tänzelt probeweise ein paar Schritte, hüpft in großen Sprüngen davon. Golo schaut ihm nach. Dann wandert er weiter. Im Wind taumelnde Schmetterlinge flattern um seinen Kopf. Das blühende Labkraut leuchtet am Wegesrand. Im Südhang gerät er vor eine Pergola.

Ein Mann taucht unter den Ranken auf, sagt: „Ich gehe nach einem eigenen Plan vor, wie ich die Reben pflege. Im Herbst ernte ich die Trauben. Dann schneide ich die Reben und bessere die Pergola aus. Das gibt mir den ganzen Winter zu tun. Im Frühling und Sommer führe ich lediglich ein paar Ranken über die Streben der Pergola. Da lasse ich die Reben wachsen."

Vom Wind bewegt, reckt sich eine Ranke, berührt Golo.

„Sie mag dich", meint der Mann, „vielleicht möchte sie, dass du dich an den Arbeiten beteiligst."

„Das könnte sein", erwidert Golo.

Er geht weiter, trifft eine Frau, die ihm ein goldenes Armband zeigt. „Ein Mann hat es mir geschenkt." Sie streift es ab, weist auf die beiden Namen, die eingraviert sind.

„Es kommt mir zu nahe, dass sein Name neben meinem steht."

- „Was hast du vor?" fragt Golo.

„Ich gehe zur Goldschmiedin und lasse mich beraten. Ich hätte gern ein Armband, auf welchem nur sein Name eingraviert ist. Das werde ich ihm schenken."

- „Schenken ist manchmal gar nicht so einfach", findet Golo. Ein Mann kommt auf ihn zu. Er trägt einen Bogen Geschenkpapier im Korb. Es ist mit Blumen und Schmetterlingen bedruckt. „Gefällt es dir?"

Golo betrachtet es näher. „Wenn ich etwas zu verschenken

hätte, könnte ich mir vorstellen, dieses Papier zu nehmen."
Der Mann zieht den Bogen aus dem Korb. „Dann gehört
es dir."

Golo will einwenden, dass er gar nichts zu verschenken
habe, doch da hat sich der Mann schon eilends entfernt.
Eine Frau tritt an ihn heran. Sie bringt eine tellergroße
Wanduhr. „Ich kann dir helfen, sie einzupacken."

- „Warum sollte sie eingepackt werden?" fragt Golo.

„Damit du sie verschenken kannst", antwortet die Frau,
nimmt Golo das Papier ab, legt es auf den Weg und schlägt
die Uhr ein. Ein Mann kommt hinzu. Er hat Klebstreifen
dabei und stellt sie zur Verfügung. Die Frau übergibt Golo
die eingepackte Uhr. „Jetzt kannst du sie verschenken."

- „Wem denn?" will er wissen.

Die Frau und der Mann geben sich die Hand. „Wir sind
fertig", sagt sie, „und wünschen dir viel Freude." Sie lassen
Golo mit der Uhr stehen.

Thymian und Johanniskraut blühen am Rand des Wegs,
der zum See hinunterführt. Am Ufer steht ein Mann,
wünscht: „Ich hätte gerne ein Geschenk."

Golo gibt ihm die eingepackte Wanduhr. „Wie wäre es
damit?"

Der Mann hebt das Paket hoch, ruft: „Danke vielmals! Ich
werde es erst zu Hause auspacken!" Eilends läuft er davon. Ein Russischer Bär schwirrt aus dem Gebüsch. Die
flammend roten Hinterflügel leuchten auf. Er fliegt zur
Weißdornhecke, wo ihn die Vorderflügel blauschwarz mit
hellgelben Streifen tarnen. Golo geht zum Strand. Frauen
rennen mit Badetüchern dem Ufer entlang. Eine Seite ist
samtschwarz mit lichtgelben Streifen, die andere glutrot.

Beim Rennen lassen sie die rote Seite flammen, halten das Badetuch mit gestreckten Armen hoch. Plötzlich kauern sie nieder, bedecken sich mit dem Tuch, die samtschwarze Seite oben.

Eine Frau fragt Golo: „Möchtest du eine Badehose mieten?"

Er sagt: „Im Moment nicht."

Mit frohem Schwung streicht er dem Seeufer entlang. Die Wellen blinken. In einer versteckten Bucht zieht er sich aus, schwimmt und taucht. Er findet eine leere Muschelschale auf dem Seegrund, legt sie am Ufer in den Sand.

Ein Mann kommt an den Strand, deutet auf die Muschel, sagt: „Das ist genau der Ort, wo ich stets mein Badetuch ausbreite."

Golo hebt die Muschel auf.

Der Mann berichtet: „Ich errichtete einen neuen Holzschopf. Jetzt kann ich die Wespen beobachten. Sie nagen die Holzfasern ab, bauen in einem hohlen Baum ein Papiernest. Es wächst fast so schnell, dass ich das Gefühl habe, ich könnte direkt zuschauen, wie es größer wird." Er führt Golo zum hohlen Baum. Das Wespennest ist fast faustgroß. Beim Weitergehen beobachtet Golo die wunderbaren Bewegungen einer Katze. Mit federnden Tatzen quert sie den Weg, verschwindet im Unterholz. Er schaut zu, wie ein Mädchen auf dem Spielplatz am Waldrand einen Steinkreis auslegt, das Innere mit Blättern und Blumen schmückt. Es bewegt sich dabei sehr grazil, jede Bewegung mutet wie ein kleiner Tanz an.

Am Kiosk liest Golo die Schlagzeile einer Zeitung: „Der Sprung ins kalte Wasser", denkt bei sich: „Das könnte ich auch wagen." Er steigt zu einem Wasserfall hinauf, der in ein großes Felsenbecken rauscht, schlüpft aus den Kleidern, springt ins Wasser, das ihm im Vergleich zum See eiskalt vorkommt. Er legt sich auf den sonnenwarmen Felsen, zieht die Kleider wieder an.

Kaum ist er zurück auf dem Landsträßchen, fährt ein Mann in einem breiten weißen Wagen vor, fragt: „Willst du mitfahren?"

- „Später vielleicht", antwortet Golo.

Der Mann gibt zu bedenken: „Es gibt bei mir nur jetzt oder nie."

- „Dann lieber nie", entscheidet Golo.

Der Mann steigt aus. „Ich kann mein Auto auch fernsteuern." Er nimmt einen Laptop aus dem Wagen, setzt sich ins Gras. Das Auto fährt an, rollt davon. Während der Fahrt verwandeln sich die Räder in galoppierende Pferdebeine, der Wagen in ein zweifarbiges Einhorn. Auf der rechten Seite glänzt sein Fell hermelinweiß, auf der linken vanillegelb. Das Einhorn wird immer schmäler, schrumpft zu einem Stecken, der auf den Boden stapft, zum Mann zurückkehrt. Er klappt den Laptop zu, fasst den Stecken wie einen Wanderstab und stiefelt das Landsträßchen hinunter.

Tropfenklang aufs Tamburin

Der Wolkenstein

Golo führt Gymnastikübungen aus, geht in die Hocke und schnellt pfeilgerade auf. Er streckt und beugt den Rücken, buckelt wie eine Katze, zuckelt ein paar Schritte wie eine Ente, findet eine Büchse mit Federn. Er steckt sie an die Ärmel, schwenkt die Arme wie Flügel. Plötzlich schwebt er über dem Boden, fliegt mit jedem Flügelschlag höher hinauf. Die Landschaft unter ihm wird spielzeugklein, die Waldberge gleichen den Falten eines farngrünen Tuchs. Eine Weile gleitet er mit ausgebreiteten Armen durch den weiten lichtblauen Himmel, zieht eine Landeschleife. Es gibt eine Bühne im See, wenige Meter vom Ufer entfernt. Darauf landet Golo.

Eine Frau schiebt den Vorhang zurück: „Willst du mit mir Theater spielen?"

Golo sagt: „Was wäre meine Rolle?"

Sie schlägt vor: „Du bist ein Vogel. Wenn ich dir eine Frage stelle, fliegst du einfach fort."

- „Ist gut", erwidert Golo.

Sie stellt sich vor ihn hin, trägt die Frage mit lauter Stimme vor: „Ist es schwer, ein Vogel zu sein?"

Golo bewegt die Arme wie Flügel, fliegt von der Seebühne zum Ufer, läuft ein paar Schritte aus.

Ein Mann bittet: „Darf ich deine Federn haben? Ich würde auch gern zur Seebühne hinüberfliegen."

Golo zupft sie aus den Ärmeln, gibt sie dem Mann, der sie

eilig an seine Ärmel steckt, die Arme hebt und senkt.

„Wie hast du das gemacht? Warum fliege ich nicht?" Golo zuckt mit den Achseln. „Probiere immer weiter! Gib nicht auf!" Er verlässt das Ufer, entdeckt einen Weg, der zum Ei eines Sauriers führt. Die Schale bricht auf. Ein Flugsaurier schlüpft aus, geht ein paar wacklige Schritte, entfaltet langsam die Flügel, spannt und schlägt sie. Ein Schatten fliegt über ihn. Golo blickt auf. Ein ausgewachsener Flugsaurier landet neben ihm, duckt sich, beugt den Hals, als würde er Golo bedeuten aufzusteigen. Golo klettert auf seine Schultern, hält sich am Hals fest. Der Flugsaurier springt mit den Hinterbeinen in die Luft, schlägt kräftig die Flügel, bis er genug Höhe gewinnt, um in der Luftströmung zu gleiten. Er fliegt einen weiten Bogen zu einer Blumenwiese. Golo rutscht von den Schultern, läuft schnell weg, denn der Saurier schlägt von Neuem heftig die Flügel, um abzuheben. In der Wiese wachsen Malven, blühen rosa. Er sieht sich um, ist in eine Welt der Blumen geraten, beobachtet einen Kaisermantel, der zum Wilden Majoran flattert. Im Gras findet er eine Kreide, geht zum Landsträßchen, malt 2 Gesichter im Profil, die sich fast mit den Nasenspitzen berühren. Wer genau hinschaut, entdeckt, dass die beiden Gesichter ein drittes bilden. Es schaut den Betrachter an.

Golo legt die Kreide ab, wandert weiter, kommt vor ein Haus, das ganz mit Text überzogen ist. Der Bewohner öffnet die Tür, ruft: „Sieh an, ein weiterer Bewunderer meines Hauses! Von jetzt an wirst du immer vorbeikommen und Stück für Stück lesen." Golo sagt: „Ich lese die Geschichte lieber von Anfang bis Ende durch." Eine Frau kommt aus dem Haus. „Lese sie gut durch! Und dann sagst du uns, wie sie dir gefällt." Es ist die Geschichte einer Sängerin, die nicht mehr auftreten will. Wenn sie ein Angebot erhält, trällert sie in ihr iPhone: „Ich brauche Stille, muss meine Stimme wieder finden." Einmal kommt ein junger Ziegenhirt vorbei. Er hat nie einen schöneren Gesang gehört, tritt näher, sagt zu ihr: „Was singst du in dein iPhone? Deine Stimme klingt wunderbar. Du hast sie gar nicht verloren."

Sie widerspricht: „Früher sang ich beschwingter. Jetzt ist meine Stimme wie belegt." Er fährt unbeirrt fort: „Mir fehlt eine Ziege in der Herde. Ich höre nicht auf zu suchen, bis ich sie wieder gefunden habe. So solltest du es mit deiner Stimme halten. Gib nie auf, den Schwung zu finden."

Die Sängerin hilft ihm, die Ziege zu suchen. Gemeinsam durchstreifen sie ein Waldstück, finden die Ziege auf einer Lichtung. Sie hält den Kopf schräg, meckert dabei so seltsam, dass die Sängerin herzhaft lachen muss. Dabei löst sich ihre Stimme. Kaskaden von quirligen Tönen hallen durch den Wald. Sie umarmt den Hirten. „Ich habe meine Stimme gefunden. Ich werde wieder auftreten." Golo sagt: „Mir gefällt die Geschichte. Ich las sie gerne." Er setzt seinen Weg fort, begegnet einem Jungen, der einen Zettel verloren hat. „Jetzt weiß ich nicht, was ich einkaufen soll."

Golo empfiehlt ihm: „Gehe einfach den Weg zurück. Vielleicht findest du den Zettel schon hinter der nächsten Wegbiegung."

Der Junge fragt ihn, ob er ihm beim Suchen helfen würde. „4 Augen sehen mehr als 2."

„Das stimmt", anerkennt Golo.

Nach wenigen Schritten sieht der Junge den Zettel am Wegesrand liegen, hebt ihn schnell auf. „Danke, dass du mir geholfen hast." Er geht einkaufen.

Am Stadtrand findet Golo ein Buchantiquariat. Eine Frau steht neben der Eingangstür. „Willst du dich ein bisschen umsehen? Ich habe bestimmt das Buch, das du dir wünschst."

Golo sagt: „Vielleicht ein andermal."

Die Frau lacht. „Das ist doch nicht dein Ernst! Für mich siehst du wie ein Mensch aus, der sich stundenlang mit Büchern unterhalten kann."

Golo lässt sich vom Lachen anstecken. „Wirklich? Das höre ich nicht alle Tage."

Da er sich nicht zum Eintreten entschließen kann, eilt sie in den Laden, kehrt flugs zurück, drückt ihm kurzerhand ein Buch mit einem kornblumenblauen Umschlag in die Hand. „Das solltest du lesen. Es ist ein Geschenk des Hauses."

Golo dankt. Mit dem Buch in der Hand schlendert er durch die Gasse.

Ein Mann spricht ihn an: „Ist es möglich? Du hast das Buch?"

Golo zeigt es ihm. „Kennst du es?"

Der Mann fragt: „Darf ich es ansehen?"

- „Gern", erwidert Golo, gibt es ihm.

Der Mann blättert darin. „Ich würde es gern lesen. Leihst du es mir aus?"

- „Du darfst es behalten", sagt Golo.

Der Mann bedankt sich überschwänglich, rennt mit dem

Buch davon. „Ich kann es kaum erwarten. Hoffentlich stört mich niemand."

Golo blickt ihm nach.

Eine Frau kommt auf ihn zu, spricht ihn an: „Vor der Stadt fliegt ein riesiger Tintenfisch. Wenn du Glück hast, ergreift er dich mit einem Tentakel, hebt dich hoch und fliegt mit dir übers Land."

- „Den Tintenfisch würde ich gern sehen", erklärt Golo, „aber ich möchte doch lieber auf dem Boden bleiben."

Er folgt der Frau. Sie verlassen die Stadt, nähern sich dem Riesentintenfisch, der über dem Grasland schwebt. Er wickelt einen Tentakel um den Leib der Frau, hebt sie hoch.

Golo ruft: „Wie kannst du ihn zum Landen bewegen?"

Die Frau winkt. „Ich fliege jetzt. Wenn du dabei sein möchtest, musst du dich ganz schnell bemerkbar machen, sonst sind wir weg."

Rasch gleitet der Tintenfisch mit der Frau in die Höhe. Golo beschirmt mit einer Hand die Augen. Der Tintenfisch und die Frau werden immer kleiner, verschmelzen als winziger Punkt mit dem Himmel.

Am Ende des Graslandes steht eine Frau hinter einem Tisch. Sie füllt aus einem Krug kleine Wölkchen in einen Becher. „Magst du Wölkchen trinken?"

- „Wölkchen habe ich noch nie getrunken", gesteht Golo, „wo kommen sie her?"

- „Vom Wolkenstein", berichtet sie, führt ihn zur Felsspalte, wo die Wölkchen austreten, zu Boden schweben, oder eben mit dem Krug aufgefangen werden können.

„Du kannst auch deine Hände mit ihnen füllen und sie

direkt trinken."

Golo bildet mit den Händen eine Schale, fängt die Wölkchen auf, trinkt sie. Sie schmecken süß, prickeln auf der Zunge wie Mineralwasser. „Danke, dass du mir die Quelle gezeigt hast."

- „Es war mir ein Vergnügen", erwidert sie, „und gern biete ich dir die Wölkchen auch im Becher an."

„Am besten sind sie gewiss frisch von der Quelle", vermutet Golo, füllt die Hände noch einmal.

Beim Abstieg sieht er eine wartende Zugkombination mit je einem Triebwagen vorne und hinten und 2 Wagen in der Mitte. Er steigt ein. Der Zug rollt tiefer in den Wald hinein. Bei der Endstation steigt Golo aus, sieht sich um. Der Lokomotivführer wechselt den Triebwagen, winkt, führt den Zug zurück. Golo bleibt auf dem von Wurzeln überwachsenen Bahnsteig zurück. Er spaziert auf einem kleinen, verschlungenen Pfad, der zu einem Teeladen führt. Eine Frau steht neben der Tür, bittet ihn einzutreten. Er geht in den Laden, schnuppert, gerät in eine Wolke voller Düfte. Sie offeriert ihm ein Tasse Lindenblütentee.

„Die Blüten stammen von 4 Linden, deren Wipfel wie zu einem Baum zusammengewachsen sind."

Golo fragt, ob es zu jedem Tee eine Geschichte geben würde. Sie sagt: „Das ist das Besondere an meinem Laden." Die Teesorten befinden sich in Dosen, sind nach den Regenbogenfarben sortiert. Im Sortiment hat sie eine Vielfalt von Früchte- und Kräutertees, Tees aus Blüten, Blättern, Zweigen, Mischungen und Gewürzen. Sie öffnet einen Behälter, lässt Golo riechen. „Der Jasmin stammt aus einem Garten, wo ein Mädchen gern tanzt." Sie macht eine andere Dose mit getrockneten Apfelschalen auf.

„Im selben Garten steht ein uralter Baum." Der Duft versetzt Golo in die Apfelwelt. Die dritte Dose enthält Fenchelsamen mit unverkennbarem Duft. Vanilletee in der nächsten Dose gibt eine süße Note. Golo dankt für den Tee und die Vorführung, geht weiter durch den Wald. Er hat immer noch die Wolke von Düften in der Nase. Brombeersträucher überwuchern das Unterholz. Der Weg führt an einer Blockhütte vorbei. Dort hat ein Mann Tee aus Brombeerblättern zubereitet. Er bietet eine Kostprobe an.

„Eine kleine Tasse nehme ich gerne", sagt Golo. Hocherfreut stellt der Mann einen Krug und eine Tasse auf den Holztisch vor dem Haus, schenkt ein. Golo nimmt einen Schluck, findet den Tee würzig.

„Ich habe eine ganze Dose davon. Die würde ich dir gern schenken."

Golo sagt: „Im Moment bin ich unterwegs, habe weder Tasche noch Rucksack. Da kann ich das Geschenk leider nicht annehmen."

Der Mann will ihm seinen alten Rucksack schenken. „Er ist gut erhalten. Da haben einige Geschenke darin Platz." Golo hebt abwehrend die Hand. „Ich möchte lieber ohne Rucksack spazieren."

- „Wie wäre es mit einer Reisetasche?" fragt der Mann.

„Wenn es dir nichts ausmacht, würde ich lieber darauf verzichten", gesteht Golo, „ohne Gepäck ist es mir wohl." Der Mann sagt mit sichtlichem Bedauern: „Wie du meinst." Golo setzt seinen Spaziergang auf dem verschlungenen Waldpfad fort.

Leopard und Kaisermantel

Efeu überzieht die dicken Stämme.

Eine Frau beugt sich über die Brüstung ihres Baumhauses, ruft herab: „Magst du einen Tee?"

Golo antwortet: „Mit Tee bin ich schon reichlich verwöhnt worden."

Ohne seine Antwort ganz abzuwarten, lässt sie an einem Seil ein Tablett hinunter. Darauf stehen eine Teekanne und 2 Tassen. Dann klettert sie die Strickleiter hinunter.

„Die Verwöhnung geht gleich weiter, mit Goldmelisse."

Golo schnuppert an der Kanne. „Der Tee riecht gut."

„Und schmeckt erst noch fein", ergänzt sie, füllt ihm eine Tasse.

Er kostet. „Zitronig", anerkennt er, „wie kommt es, dass du dich mit Tee beschäftigst?"

Sie schenkt sich ein. „Es macht mir Freude, den Gästen etwas anzubieten."

Golo stellt die Tasse aufs Tablett zurück, entdeckt einen breiten Weg. „Wohin führt er?"

Mit dem Arm weist sie zum südlichen Waldrand. „Du gelangst zum großen Gemeinschaftshaus. Das musst du dir unbedingt ansehen."

Mit froh beschwingtem Schritt hat er das mehrgeschossige runde Haus bald erreicht. Der Wald lichtet sich. Grillen zirpen in der Blumenwiese. Vom Haupteingang kommt ein Mann auf ihn zu. Er zeichnet mit einem Stecken den

Grundriss des Hauses in den Kies. „Die Räume sind wie Kuchenstücke angeordnet. Sie enthalten Wohnnischen, die zum Gang hin offen sind, eine Art Einzimmerwohnung, bei welcher die vierte Wand zum Flur ausgespart wurde. Wenn du durch den Gang gehst, kannst du in jede Nische blicken und sehen, wie sich die Menschen eingerichtet haben und was sie gerade tun."

„Stört es sie nicht, wenn sie jederzeit den Blicken ausgesetzt sind?" wundert sich Golo.

„Der lebendige Austausch ist ihnen wichtig. Deshalb wählten sie dieses ungewöhnliche Wohnen. Im Erdgeschoss befindet sich die Großküche mit dem Essraum. Dort treffen sich alle, die gemeinsam kochen und essen wollen. Aber was stehen wir hier draußen rum und reden? Gehe doch einmal hinein und gewinne einen eigenen Einblick ins Leben!"

Golo tritt ein, steigt die Treppe zum ersten Stock hoch und macht die Runde durch den breiten Gang. Tatsächlich kann er sich nicht genug wundern über die Offenheit der Räume und die Verschiedenheit, wie sie eingerichtet sind. In einem Raum herrscht fast eine strenge Kargheit, während der Nachbarraum üppig möbliert erscheint und die Wände mit Bildern verhängt sind. Die Menschen, zu zweit oder allein, grüßen ihn freundlich.

„Kommst du auch hier wohnen?" fragt eine Frau.

„Ich möchte sehen, wie ihr hier lebt", antwortet Golo.

„Und wenn es dir gefällt, beziehst du eine Wohnnische", folgert sie.

„Soweit habe ich nicht gedacht", gesteht Golo lachend. Sein Blick fällt auf einen jungen Leoparden.

„Wir dürfen hier auch Tiere halten", erklärt der Mann, der für ihn sorgt.

Golo wundert sich. „Wie geht das mit dem Leoparden?"

„Einfach", sagt der Mann, „er kennt nichts anderes, als dass er bei uns ist."

Eine Frau fragt: „Gehst du auch in den zweiten Stock hinauf?"

- „Das habe ich vor", sagt Golo und schaut sich nach der Treppe um.

Sie gibt ihm 2 Birkenscheite mit. „Könntest du sie dem Mann bringen, der unmittelbar neben der Treppe wohnt? Seine Nische verfügt über ein Cheminée. Wir helfen ihm, das Holz bereitzustellen."

Golo steigt die Treppe hoch. Der Mann in der ersten Nische empfängt ihn sehr freundlich. „Danke für das Holz!" Er nimmt ihm die Scheite ab, weist auf eine leere Nische, „bist du mein neuer Nachbar?"

Golo entgegnet: „Ich sehe mich bloß um."

Der Mann legt die Scheite auf die Beige. „Übrigens, kennst du das Schöne hier?"

- „Welches Schöne meinst du?" fragt Golo zurück.

„Man kann hier nur wollen", erklärt er, „es gibt kein Sollen. Darum gehe in den Garten! Genieße den Sonnenschein, die Blumen und Schmetterlinge."

Golo macht zuerst auf dem zweiten Stock die Runde. Er geht durch den breiten Gang, sieht sich die Nischen an. Auf engstem Raum zeigen sich die verschiedensten Wohnkulturen. Es gibt chaotische und geordnete Einrichtungen, feste Installationen neben flüchtig hingestellten leichten Möbeln. Bei so großer Verschiedenheit ist etwas

Einheitliches auffällig: Die Menschen grüßen ihn freundlich, freuen sich über sein Interesse. Eine Frau ist gerade daran, ein Bild aufzuhängen. Sie stellt sich neben Golo, kneift ein Auge zu, fragt: „Hängt es etwa leicht schief?"

Er schaut genau hin. „Es ist im Lot."

Er steigt die Treppe hinunter, verlässt das Gemeinschaftshaus, betrachtet im Garten den Kaisermantel, der zum Sommerflieder fliegt. Ein Mann erkundigt sich: „Hat dir das Gemeinschaftshaus gefallen?"

- „Ich bin beeindruckt", erwidert Golo.

„Könntest du dir vorstellen, eine Wohnnische zu beziehen?" fragt der Mann.

„Durchaus", sagt Golo.

Er wandert weiter, bis er vor ein Steinhaus gerät. Anstelle eines Dachs ist ein Holzhaus aufgebaut, wirkt wie aufgesetzt. Dem Bewohner gefällt es jedoch. Er erzählt Golo: „Seit ich das Dach durch das Holzhaus ersetzen ließ, lebe ich nur noch da oben."

„Sicher genießt du die Aussicht vom Balkon", vermutet Golo.

„So ist es", bestätigt der Mann, „gern sehe ich die Welt von oben und freue mich über die freie Sicht, die bis zu den Waldbergen reicht."

Ganz in der Nähe befindet sich das steinerne Bett eines Flusses, der ausgetrocknet ist. Golo schreitet hindurch. Die Steine knirschen unter den Füßen. Mannshohe Königskerzen blühen. An der engsten Stelle, in einer Vertiefung, begegnet ihm eine Frau. Sie fragt: „Wohin gehst du?"

- „Ich bin einfach so unterwegs", sagt Golo.

„Dann könnten wir ja zusammen gehen", schlägt sie vor,

„ich bin nämlich auch einfach unterwegs." Sie hakt sich bei ihm ein.

Golo sieht zwischen den Steinen eine weiße Schachfigur liegen, bückt sich, hebt sie auf. „Ein Läufer."

Sie findet unmittelbar danach eine schwarze Königin. „Was sagst du dazu?"

Bevor er antworten kann, hat sie ein Türmchen entdeckt. „Weiß! Das gehört dir."

Wo das ehemalige Flussbett im Grasland versandet, bemerkt er einen schwarzen König, schenkt ihn der Frau. „Du sollst auch nicht leer ausgehen."

Sie bückt sich, findet einen schwarzen Bauer. „Wenn das so weitergeht, können wir Schach spielen."

Er hebt die weiße Dame auf. „Es scheint, dass ich bald bereit bin."

Nach und nach lesen sie tatsächlich alle Figuren auf. Es fehlt nicht einmal einer der Bauern. Mit dem Aufheben und Sammeln sind sie unversehens vor ein verlassenes Fußballfeld geraten. Das Gras ist hochgewachsen. Am Rand des Feldes liegt ein winziger Ball. Als die Frau ihre schwarzen Figuren ins Gras legt, um ihn näher anzusehen, zucken und zappeln sie, springen auf die Beine, spielen sich den Ball zu. Ähnliches passiert mit den weißen Figuren, nachdem sie Golo sorgfältig abgesetzt hat. Sie laufen dem Ball hinterher. Für eine kurze Weile bleiben sie sichtbar. Dann ist nur am bewegten Gras zu erkennen, wo sie sich bewegen. Sie entfernen sich, werden kleiner. Der Schwarm stiebt auseinander. Die Schachfiguren verteilen sich wie Fußballspieler, die sich möglichst frei, vom Gegner ungestört, den Ball zuspielen möchten. Die Frau will sie nicht aus den Augen verlieren. Gebückt hastet sie aufs Spielfeld hinaus, verfolgt das Treiben. Golo schaut ihr vom Rand her zu. Sie läuft im Zickzack. Sobald eine Mannschaft den Ball verliert, ändert sich die Richtung. Ein Mann tritt zu Golo, fragt ihn: „Was hat die Frau verloren, dass sie so aufgeregt hin und her läuft?"

- „Sie sieht zu, wie Schachfiguren Fußball spielen", antwortet er, schlägt den Weg in die Altstadt ein, flaniert durch die kopfsteingepflasterten Straßen.

An einer Straßenecke stellt die Bäckerin eine Tafel mit Angeboten neben die Tür. Sie fragt: „Würdest du es schätzen, wenn hier eine Einkaufspassage stehen würde?"

- „Wieso?" fragt er.

„Du könntest nur hindurchgehen, zugreifen, an der Kasse bezahlen", erklärt sie.

Golo bleibt stehen. „Es gibt doch sicher einen Grund, weshalb du hier und nicht in einer Passage arbeitest."

„Hier kann ich jeden Kunden persönlich ansprechen, auf seine Wünsche eingehen", sagt sie, „in einer Passage würde ich hinter der Kasse stehen, den Preis einscannen und den Betrag kassieren. Zeit für einen kleinen Austausch habe ich hingegen in meinem Laden. Meine Kunden schätzen es. Ich bin gern für sie da. Ich kann sie beraten, Empfehlungen durchgeben."

„Wenn ich ein Brot kaufe, schaue ich bei dir herein", verspricht er, „im Moment bin ich am Spazieren."

Sie empfiehlt ihm ein Sandwich als Wegzehrung. „Das ist immer fein und praktisch zum Mitnehmen."

Er erwidert, dass er später vielleicht darauf zurückkommen werde.

Der Kiosk im Grasland

In einem verwilderten Park ist das Gras hochgewachsen. Die Sträucher ragen in die Wege hinein. Auf der angrenzenden Wiese steht ein Zirkuszelt. Golo tritt näher, findet den Eingang offen, schreitet durch die Sitzreihen zur Manege. Im Sägemehl steht ein Mann im Frack. Er trägt einen Zylinder.

„Bist du der Direktor?" fragt Golo.

Anstelle einer einfachen Antwort murmelt der Mann:

„Wenn ich am Morgen die Augen öffne, bin ich gleich mit der Frage beschäftigt: Was ist mit dem Zauberer? Wann tritt er wieder auf?"

- „Warum ist er so wichtig?" fragt Golo.

„Er zieht das Publikum an. Wenn er fehlt, bleiben die Leute zu Hause", klagt der Direktor, „mit den geringen Einnahmen kann ich die laufenden Kosten kaum decken."

- „Was unternimmst du? Was hast du vor?" erkundigt sich Golo.

„Der Zauberer muss wieder auftreten", antwortet er, „sonst bleibt mir nichts anderes übrig, als das Zelt und alle Wagen zu verkaufen."

Golo hebt den Kopf. „Wird sein! So weit wird es kaum kommen! Wo ist der Zauberer? Ich rede mit ihm."

Der Direktor weist mit einem müden Lächeln auf den hinteren Zelteingang. „Du kannst es ja versuchen. Mir ist es nicht gelungen, ihn umzustimmen."

Golo verlässt das Zelt durch den Hintereingang. Dort, bei einem Wagen, steht ein großer Mann mit breiten Schultern. Er lächelt. „Sicher kommst du vom Direktor. Was hat er dir versprochen? Wie viel bin ich ihm wert?"

Golo bedauert: „Du stellst die falschen Fragen."

Der Zauberer beugt sich vor. „Was wäre die richtige Frage?"

- „Wann trittst du wieder auf?" entgegnet Golo.

„Wenn es denn sein muss, heute Abend", verspricht er, „allerdings unter einer Bedingung: Du musst dabei sein."

- „Ich bin nicht so wichtig", sagt Golo, „das Publikum will dich."

Das schmeichelt dem Zauberer. Er räkelt sich. „Ist gut, dann trete ich wieder auf."

Golo dankt ihm fürs Gespräch. „Deine Bereitschaft freut mich."

Auf dem Weg von der Zirkuswiese zum Wald sieht Golo den Buchstaben „A" im Gras liegen. Als er ihn berührt, wächst er zuerst auf Zimmergröße, dann wird er so groß wie ein Haus. „In der Art sah ich noch nie einen Buchstaben wachsen", wundert er sich, „ein Mensch allein kann ihn kaum bewegen und wegtragen schon gar nicht. Was fange ich mit dem Riesenbuchstaben an?" In Gedanken mit dem Buchstaben beschäftigt, geht er weiter, bis er vor ein Kloster gerät. Die Tür zum Innenhof steht weit offen. Golo tritt ein, schaut sich um. Auch die Tür zum Hauptgebäude steht sperrangelweit offen. Neugierig dringt er weiter vor, kommt zu einem Saal, wo sich viele Menschen über Manuskriptblätter beugen.

Eine Frau blickt auf. „Er kommt."

Die Gruppe versammelt sich um Golo.

„Du bist also Golo", stellt ein Mann fest. Golo ist erstaunt. „So heiße ich."

„Wir beschäftigen uns mit deinem Manuskript", sagt die Frau.

„Woher kennt ihr mich?" fragt er.

„Wir haben viel von dir gelesen und wollten dich schon lange kennenlernen", berichtet der Mann.

Golo wirft einen Blick auf die Blätter. „Wie seid ihr an mein Manuskript gekommen?"

- „Wir sind ein Team, das für deinen Verlag arbeitet", erläutert die Frau, „und kennen dich von den Bildern auf der Rückseite deiner Bücher. Es macht uns Freude, dass du persönlich hereinschaust."

Golo dankt ihnen für die Arbeit an seinem Manuskript. Der Mann fragt: „Dürfen wir, wenn wir Fragen haben, uns einfach an dich wenden?"

- „Selbstverständlich immer", sichert Golo zu und verlässt den Saal, durchquert den Innenhof. Vom Kloster sind es nur wenige Schritte zu den Felsen am Waldrand. Dort hat ein Mann einen Kletterpark eingerichtet.

Er erklärt Golo die Anlage. „Mit etwas Übung findet das Auge immer einen Weg. Ich habe nur ganz wenige Griffe eingebaut, damit die Anlage sicher ist."

Golo tritt näher, betrachtet die Felsen. Zunächst kann er keinen Weg erkennen. Dann plötzlich findet er einen Einstieg, der es ihm ermöglicht, den höchsten Felsen zu erklimmen. Sorgfältig klettert er über den ersten Felsbuckel, zieht sich hoch und erklimmt den Felsen, der sich darüber erhebt. Ein Metallgriff bietet ihm Halt, sodass er einen Zugang zu den Furchen und Stufen des höchsten Felsens gewinnt. Auf der anderen Seite steigt er über den schrägen Felsrücken in den Wald ab. Der Mann, der den Kletterpark betreut, lobt Golos Gewandtheit, bietet ihm an, ihn über eine andere Route zu führen, doch Golo spaziert lieber durch den Wald. „Das Klettern war spannend. Nun möchte ich wieder eigene Wege gehen."

„Wie du willst", meint der Mann und zieht sich zurück. Golo entdeckt einen schmalen Waldpfad, der ihn zu einer Grube führt.

2 Männer schicken sich an, Mergel auf eine Schubkarre zu laden. Sie haben nur eine Schaufel und sind sich nicht einig, wer damit arbeiten darf.

„Ich", sagt ein Mann und ergreift die Schaufel.

„Nein, ich!" stößt der andere hervor, entwindet ihm die Schaufel.

„Wollt ihr nicht lieber abwechseln", schlägt Golo vor, „dann könnt ihr eure ganze Kraft fürs Schaufeln einsetzen."

„Das ist eine gute Idee", sagt der kleinere Mann. Er gibt dem Größeren die Schaufel, der die Schubkarre zur Hälfte füllt. „So machen wir es."

Anschließend erhält der Kleinere die Schaufel. „Ich bleibe daran, bis sie voll ist."

„Es macht Freude zu teilen", findet der Größere.

„Nun könnten wir festlegen, wer die Schubkarre übernimmt", fällt dem Kleineren ein.

„Bis zur Wegbiegung trage ich die Schaufel, und du schiebst die Karre", empfiehlt der Größere.

Der Kleinere ist einverstanden. „Dort tauschen wir." Golo blickt ihnen nach, bis sie hinter der Wegbiegung verschwinden. Er selber folgt dem schmalen Pfad, der tiefer in den Wald hineinführt.

Auf einer Lichtung steht eine Frau mit einem chiliroten Sonnenschirm, fragt ihn: „Kennst du das Kaiserspiel?" Golo tritt näher. „Davon habe ich noch nie gehört."

„Es geht so", erläutert sie, „du wärst der Kaiser und ich die Hofdame, die dich beschirmen muss. Eine Zeitlang lässt du mich gewähren. Dann brichst du plötzlich aus. Und ich muss dir nachlaufen und dir Schatten geben. Das Spiel findet nur auf der Lichtung statt. In den Wald hineinrennen gilt nicht."

Sie hält den Sonnenschirm über ihm. „Es geht los."

Er läuft an ihrer Seite, ändert unversehens die Richtung, ist der Sonne ausgesetzt. Sie eilt mit dem Schirm hinterher. Er rennt im Zickzack. Sie hat Mühe, ihm zu folgen, bleibt heftig atmend stehen. „Du übertreibst! Kein Kaiser würde so wild rennen." Sie überreicht ihm den Schirm.

„Ändern wir die Regel! Ich bin die Kaiserin, und du bist der Höfling, der mich beschirmen muss."

Zuerst geht sie gemessenen Schrittes mit gestrecktem Rücken neben ihm einher. „Siehst du! So geht die Kaiserin." Dann bricht sie aus, jagt wie ein fliehendes Reh über die Lichtung. Er holt sie ein, beschirmt sie immer wieder.

Außer Atem hält sie inne. „Wie merkst du, dass ich ausbreche? Wie siehst du die Richtung voraus?"

Er gibt ihr den Schirm zurück. „Ich achte einfach auf deine Bewegungen und lasse mich davon leiten."

Sie klappt den Schirm zu. „Ich muss mich erholen. So ausgelassen habe ich mich schon lange nicht mehr bewegt." Dann wendet sie sich einem breiten Holzweg zu.

„Und so viel Spaß hatte ich auch schon lange nicht mehr."

Als sie bemerkt, dass ihr Golo nicht folgt, hält sie inne. „Kommst du nicht mit?"

Er blickt sich um. „Ich bleibe auf dem kleinen Waldpfad, möchte sehen, wohin er mich führt."

Golo geht durchs Wechselspiel von Licht und Schatten. Sattgrün schimmert das Moos. Die Bäume lichten sich. Am Ende des Waldes steht ein großes Fensterhaus. Fenster an Fenster reihen sich an der Fassade, nur von einer Glastür unterbrochen.

Ein Mann ist daran, die Scheiben zu putzen. „Wenn ich reihum fertig bin", berichtet er, „fange ich von vorne an. Mit so vielen Fenstern erreicht man nie den Punkt, wo man sagen könnte: Jetzt sind alle sauber, und ich kann ausruhen."

Eine Frau bringt von der Wiese einen großen Blumenstrauß, will die Vase vom Fenstertisch nehmen, bemerkt zu spät, dass das Fenster geschlossen ist. Ihre Hand prallt gegen die Scheibe, hinterlässt einen Abdruck. „Ich hätte schwören mögen, das Fenster sei offen."

Sie versucht, ihn mit dem Taschentuch auszuwischen.

Er eilt hinzu. „Lass mich das machen." Während er daran ist, die Scheibe zu reinigen, bemerkt er trocken: „Es kann sich nachteilig auswirken, wenn man zu sauber putzt. Das Glas wird unsichtbar." Er fragt Golo: „Trinkst du einen Tee mit uns?"

„Ein andermal gern", antwortet er.

Die Frau und der Mann verabschieden sich, treten ins Fensterhaus, winken.

Golo winkt zurück, findet einen Weg, der durchs Grasland

führt. Ein Kaisermantel flattert um ihn herum. Bei einem Kiosk spricht ihn eine Frau an: „Hier gibt es kleine Schachteln. Du sagst, was hineinkommt. Wenn die Schachtel voll ist, darfst du sie mitnehmen." Mit diesen Worten überreicht sie ihm eine regenbogenbunte Schachtel.

Er sagt: „Ich möchte mich lieber frei bewegen und keine Schachtel tragen."

Sie furcht die Stirn. „Es ist ja nur für kurze Zeit, bis du alles, was darin ist, gegessen hast."

„Das könnte länger dauern", vermutet er, folgt dem Weg durch die Blumenwiese.

Tropfenklang aufs Tamburin